美女千里を走る

林 真理子

マガジンハウス

美女千里を走る

目次

チヤホヤされたいだけ

大事なのはヌケ感

こんなはずじゃなかった

美女千里を走る

イラスト・著者

チヤホヤされたいだけ

キャサリン妃が気になるの

ドルチェ&ガッバーナにふらりと入ったら、ものすごーく可愛い毛皮の帽子が。黒いビーバーで出来てる山高帽みたいな型。

なんて素敵なんでしょう。でもなんてお高いんでしょう。

が、えーい、と買ってしまった。なぜなら私は後頭部がぐいと出ている頭の形だ。顔も大きい。ゆえに帽子にものすごく苦労している。夏の帽子でもまず入らない。伸びるストローハットがやっとのありさま。

が、この頃のファッションは、帽子が大切な小道具。おしゃれな女の子は、冬でも

いろんな帽子をかぶっている。それがとても羨ましかったのだ。

そういえば、芸能人やモデルさんと並んで、帽子の好きな方々がいらっしゃる。そお、ロイヤルファミリーと呼ばれる方々ですね。

「アンアン」と並んで、私の愛読誌「25ａｎｓ（ヴァンサンカン）」を開いたらびっくり。「キャサリン妃ＢＯＯＫ」という永久保存版の、そりゃあ立派な別冊が付録についているではないか。

キャサリン妃というのは、もちろん英国のウィリアム王子のお妃だ。最近（二〇一二年秋）、第一子をご懐妊されたことがニュースになり非常におめでたい。

「ヴァンサンカン」のアンケートによると、ヴァンサンカンの読者が、アイコンとしてあがめる第一位は、このキャサリン妃であった。センス、着こなしをお手本にしたい女性なのだ。

確かにこのキャサリン妃、美人だしスタイルもいい。エッジなファッションから、安い庶民的なブランド、ハイブランド、何でもござれ。しかも素晴らしいところは、ＴＰＯをちゃんとわきまえていて、場所に合ったエレガントな服装をしているかと思うと、スポーツ観戦の時はジャージーと自由自在。

ものすごいおしゃれさんなのだ。ロイヤルファッションである帽子も、初期の頃からサマになってた。

文句のつけようもないじゃん、と言われるとそうなのであるが、なぜか両手《もろて》をあげて「ステキ、ステキ」と叫べない私。何かビミョウな感情がわき起こるのだ。なんていおうか、お洋服に対してあまりにも熱心なのが気にかかる。というよりも、お洋服に対する感情に、ちょっと不純なものが混じっているような気がするの。

そもそもこのキャサリン妃が、王子さまのハートを射とめたのは、大学の時のスケスケドレスというのはあまりにも有名だ。装うことの威力を、ハイティーンの頃から知っていたような気がする。

それから確かに、着ているもののセンスはいいのであるが、そのアピール度が、王妃さまというより女優っぽいかも。

そして着ることの楽しさに、少し酔い過ぎているようだと、意地悪なおばさんは思うの。

センスがよくなるのはあたり前。おしゃれ、キレイ、ビューティフルと言われ、その日の装いが、靴から帽子からすべて撮られ、映され、賞賛されたら、女としてどれほど楽しいであろうか。それによってますます張り切っていくさまが、キャサリン妃の場合、ちょっとあからさまなような……。最初から場慣れしてたしさ。

その点、亡くなったダイアナ妃の方が、おしゃれに関してずっと自然だったような気がする。結婚前は、もっさりした田舎っぽい女の子であったが、それが初々しくていかにも貴族の令嬢という感じがしたものだ。昔来日なさった時、英国大使館でのレセプションでおめにかかったが、息を呑むほどの美しさと気品であった。

もちろん、キャサリン妃が悪い、なんて言ってるわけじゃありませんよ。だけどなんかふつうの「美人で頭のよさそうな女性」という気がするのは私だけでありましょうか。ダイアナ妃にはもっとオーラがあった。

イギリスに詳しい友人の話によると、あちらは未だに階級社会なので、ふつうの女の子が王子さまに近づくのはまずあり得ないことだ。貴族の人々は、行く学校からして決まっている。しかしキャサリン妃のお母さんはビジネスに成功して、彼女を「ふつうの女の子」から「ブルジョアの女の子」に格上げしたというのだ。

妹の方も最近はおハイソなパーティーに出入りして貴族とつき合ったりしている。だから「ウィステリア・シスターズ」と呼ばれていると「キャサリン妃BOOK」にも書いてあった。藤のように上昇志向が強い、という意味らしい。

日本でもバブルの頃に、こんな風に〝藤娘〟がいっぱいいたけれども、最近あまり見かけない。みんな、ほどほどの相手ばっかり探してる。そんな中にあって、この

「キャサリン妃BOOK」には、久しぶりにゴージャスな楽しい気分にさせてもらった。だから私の意地悪もゴージャスでしょ。ハットをかぶって、原稿書いたせいかしらん。

実は女優体質ですの

あけましておめでとうございます。今年（二〇一三年）もどうぞよろしく。

さて、五人でご飯を食べている時、秋元康さんが、そこにいる人に次々と質問をした。

有名な作曲家の千住明さんには、

「子どもの頃から、やっぱり音楽家になりたかったの」

と聞き、私には、

「マリコさんは、子どもの頃から作家になろうと思ってたの」

「ううん」

私は答えた。

「私は違う。私は女優になりたかったのよ」

おお、とかすかなどよめきが起こる。そんなに意外だったんでしょうか……。

「もちろん映画やテレビに出る女優じゃないわよ。舞台女優よ。演技で勝負する人よ」

そうよ、高校を卒業する時に、劇団に入ろうと本気で思っていた。願書を書き上げたが、

「やっぱり受かるはずもないし」

と、ポストを三周して帰ってきた私。だけどやはり女優になりたい願望は、ずうっと私の中でくすぶっていて消えることはない。それで昔から、遠藤周作さん率いる素人劇団「樹座」に入ったり、このあいだも、文化人の団体エンジン01が創作した、ミュージカルに出たりしたのだ。

「そして今は、盛岡文士劇の稽古を一生懸命やってるのよ」

盛岡在住の作家、高橋克彦さんが主宰する「盛岡文士劇」は、もう十八回めを迎える。

「今年はハヤシさんが出るっていうんで、予算を増やしてもらったから、絶対に出て

ね」

と高橋さんから言われたのが昨年のこと。そう言われれば行かざるを得ない。というものの、盛岡は遠いし、もはやセミプロ（と自分では思ってる）の私としては、素人劇団はちょっとねぇ……と思っていたのであるが、本読みに行ってびっくりした。出演者はみんなすごーくうまい。ちゃんとセリフの訓練がされているうえに、演出家がついていてビシビシ注意される。私なんか、

「もっと声を大きく、ゆっくり、語尾をはっきりと」

と注意された。

「盛岡、すっごくレベル高いよ。びっくりするぐらい」

と告げたら、エンジン01劇団の座付き演出家兼作詞家の秋元さんは、

「ふうーん、そんなにうまいの」

ちょっとイヤな顔をした。

「そうだよ。シロウトくさいのは私ぐらい」

「それは困るよ。エンジン01のスター女優が盛岡行って恥かくのはさ。頑張ってね」

という励ましの言葉をもらい、私は張り切らざるを得ない。

ところで演目は、オペラ「フィガロの結婚」を平安時代に置きかえた劇で、私はオ

ペラのアリアを二曲歌うことになっている。

「イタリア語の原曲でお願いします」

と頼まれたが、まあ、お気楽に言ってくれちゃってという感じ。オペラの発声は、一ヶ月二ヶ月では出来ない。最低三ヶ月前からレッスンをはじめて、やっとそれらしき声が出る。そしてイタリア語を知らない私は、カタカナでルビをふって憶えるのであるが、年ごとに記憶力が低下しているのでそのたいへんなことといったらない。

たとえば、「私の心が氷のように凍りつく」という歌詞のところで、

「ほら、ハヤシさん、イタリア語でアイスクリームのこと、ジェラートっていうじゃないですか。だからこのジェロっていうのは氷のことなんですよ」

と歌の先生が教えてくれる。

「ふむ、ふむ」

「それから、この歌い出しの〝ジェロ、ポイセーント〟のジェロは、あの黒人演歌歌手のジェロと憶えましょう」

ということで、私はいつも彼の顔を思い出すようにした。ところがあの特徴ある綺麗な顔をパッと浮かべても、名前が出てこない時がある。

「えーと、ジョンじゃなくて、ジュンでもなくて」

と考えたとたん、頭が真白になって次の歌詞が出てこないのである。

案の定、三回めの公演の時には、一瞬歌詞を忘れてしまった……。

そんなことより、今度の大きな収穫は、初めて役づくりが出来たことであろうか。貴族の奥方ということで、動作は優雅にゆっくりと、扇を使ったりすることも自分で考えた。

初めて舞台に立つあるタレントさんと対談した時、彼女がこう言った。

「演出家に言われました。誰かがセリフを言う時は、本当に聞いているように演技しろって」

私もそのことを思い出して、共演者の長セリフの時も絶対にぼうっと立ってなかったわ。でも見に来てくれた人たちが、

「ハヤシさんは華があるわ。女優体質よ」

とお世辞を言ってくれて嬉しかった。

そうよ、女優体質が私に小説を書かせてる。小説の中では、どんな美女にもなれるし、どんな恋も出来るもん。

美は小さな積み重ね

テレビを若い友人と一緒に見ていた。このコはふだんからとても意地が悪い。

「このタレント、かわいいじゃん」

と言おうものなら、すぐさまスマホで、

「ほら、整形前の顔」

と出してくれる。びっくりだ。似ても似つかない顔ではないか。

「あのさ、この女優さんもいじってないかなァ？　このキレイっぽさって、なんか感じるんだけど」

「やだ！　この人の整形は有名ですよー。ほら！」

これにも声が出ない。並以下のおネエちゃんが映っている。このあいだも言ったと思うけど、こういう整形ってずるい。もともと綺麗な人が、女優さんとかタレントさんになってちょっといじるというのはまだ許せる。だけど、こんな一般庶民レベルの女が、たちまちすごい美女になって、世の中の憧れの的になって、お金持ちの男性と結婚するって、なんか腑に落ちない。

ところで、次の日のこと、たまたま犬の散歩で出会った隣りの奥さんがこんなことを言った。

「昨日もドラマで○○○さんを見たけど、本当にキレイだわ。四十近くなって子どももいて、どうしてあんなにキレイなのかしら。本当に羨ましいワ……」

すかさず私は教えてあげた。

「えー、○○○って、ばっちり整形してるよ。そしてそのお直し前の顔が、今ネットで出まわってるよ」

「えー、あの人、整形なの！」

彼女は驚きの声をあげた後、体中からしぼり出すような、しみじみとした言葉をもらしたのである。

「いいなァ……。あんなにキレイになれるんなら。私もやろうかしら」

この素直な言葉は、深く私の心もえぐった。そしてテツオに会った時、こう言ったのだ。

「今思うと、私も若い頃にばっちり直しておけばよかった。そうしたらデビューの時にあんなにいじめられなくて済んだのにさ」

「そんなの、やめてよかったよ」

テツオ、いいとこあるじゃん。その後に続く、

「そのままのハヤシさんで充分だよ」

という言葉を私は予想していたのである。が、ニヤッと笑った彼は、

「アンタの若い頃だと、整形の技術もまだまだだったから、今、悲惨なことになってたと思うよ」

だと……。

いいですよ。私、今頑張ってるもん。先日、美容関係のキッコ社長から、すごくいいパックをもらった。このキッコ社長はアラフォー美人で、神戸に住んでいる。もともとはいいところの奥さんだったのだが、たまたま出かけたヨーロッパで、何かの機械を見つけたことがきっかけで、美容機器や化粧品、サプリなどの輸入買付の会社を始めたら大成功。今、日本に入ってくるマッサージやレーザーなどの機械の多くは、

この会社を通してくるというからすごい。

今回知り合ってわかったのであるが、私のまわりのファッションプレスや、スタイリスト、編集者といった人たちもみんなこのキッコさんの友人であった。

「私は語学も出来ないけど、こういうものの善し悪しを見分ける眼には自信あるの」

と言う彼女は、いろんなクリニックやエステに機械を売り込む前、いったん自分の事務所で試す。この時に友人が呼ばれ、タダでいろんな施術をしてもらえる。

「ハヤシさん、サーマクールよりももっといい機械を発見しましたから、今度やってみませんか」

と私もメールをもらうようになった。このあいだは売り出す前の水素のパックをもらっちゃった。二つに分かれたビニール袋をプチプチと押して、中の境いめを破って混ぜ合わせる。そして炭酸ガス入りのどろっとした液を顔につける。これを一週間続けたら、私の顔ははっきりと変化が表れた。肌理《きめ》が細かくなり、キュッと上にあがったのである。

「ハヤシさん、私が応援しますから、お直しするのはもう少し後にしましょう」

と励まされた。

が、女は顔のみで生きるにあらず。盛岡でさし入れのお菓子やお弁当を食べまくり、宴会に毎晩出ていたら、わずか三日で一キロ太った。その後忘年会で毎晩フレンチにお鮨……。そして一・五キロプラス。せっかく顔を頑張ってもおばさん体型になったら台なしではないか。

そんなわけで、私はまた心をあらたにした。ここのとこ、昼間だけは少しはよい、とアドバイスを受け、大量にうどんや丼物を食べていた私。

そうです。昼間もしっかり糖質カット。が、これがとてもむずかしい。家でならともかく、出先ではランチに糖質抜きは、本当に大変。私は山梨から帰る電車の中、いつも駅弁を買いご飯を残していたが、もったいないからついついちょびっと食べる。よってこれからは駅前のコンビニで、サラダと6Pチーズ、ファミチキを買うことにした。誰が見ていてもいい。ファミチキを頬ばる。美は、こういう小さな積み重ねですよねぇ……と、誰か、私を誉めて。

いじらしきギャンブラー

小説の取材で、このあいだバンコクに行ったかと思うと、今度はアメリカのラスベガス。その合間に岩手は盛岡で女優業もあるので、とにかく忙しい私です。

ラスベガスというところは、このあいだまで直行便があったらしいのだが、日本の不景気であっけなく撤退、今はロスアンゼルスから乗り換えることになる。

そしてアメリカン航空に乗り込んだとたん、私はかなり不安な気持ちになった。私の席は窓際のAであるが、Bの席にアメリカ人の男性が座ったのである。この人がすごい大男。背も高いが体重も百キロは軽く越えそうだ。そうでなくてもトイレが近い

のに、この男性の足をまたいで移動するかと思うと、それだけで胸がドキドキする。

まず第一回目は、離陸してすぐのことだ。エクスキューズ・ミーと男性のひざをまたごうとしたら、彼は、

「構わずに行ってくれ」

みたいなことを英語で言った。私は前の席と彼の膝の間を何とかくぐり抜けた。

今回わかったことがある。白人ってあんまりトイレに行かないんですね。食事の後も、日本人だったら行列が出来るのであるが、白人ばかりなのでトイレはいつも空いている。しかも真冬というのに、Tシャツやノースリーブの人ばっかり。新陳代謝がまるで違うのだ。こんな人たちと戦争してもかなうわけがないとしみじみ思う。

その男性も十一時間のフライトで席をたったのは最初の一回だけだ。

さて二回目の危機は食事をしてすぐのこと。その男性は食事の時に倒したテーブルをそのままにして、ぐっすり眠り込んだのである。席との間に隙間はない。私は完全にブロックされてしまったのである！

どうするんだ。トイレはもう我慢出来ないくらいになっている。焦りまくった私はあたりを見まわした。後ろは壁になっている。席との間にわずかな隙間があった。いざとなったら、ここをよじのぼって脱出するしかないかも。

その時ひとつの救いが……。ＣＡ（かなりのおばさん）が、男性のテーブルに置かれたままのワインや、水のグラスを回収してくれたのだ。おかげで私は彼のテーブルをそっと上にあげ、なんとか席から抜け出すことが出来た。だけどすごくきつかった！

やっぱりデブはいやだわとつくづく思う私。さてその後ロスアンゼルスで乗り換え、ラスベガスについたが、ラスベガスはご存知のとおり、砂漠の大地に突然出現した大歓楽街である。

そしてラスベガスといえばカジノ。カジノといえばラスベガスであろう。私はかつてフランスの避暑地ドーヴィルというところでカジノに興じたことがある。ここは映画「男と女」のロケ地にもなった、とてもおしゃれなところだ。タキシードのディーラーたちがものすごくカッコよかったことを憶えている。

が、ラスベガスのホテルのものすごく大きなカジノに行ってびっくりした。ゲームセンターのような感じでほとんどがスロットマシーンである。ルーレットもあるにはあるのだが、ディーラーたちもいまひとつ……。

私はさっそくルーレットをすることにした。まずは十ドルから。するとちょびっとずつ勝たしてくれて、すぐには終わらない。お金がない人も、それなりに楽しめるようになっているのだ。そして私は少しずつ熱くなり、また十ドル、次に二十ドルとつぎこんでしまったではないか。もちろんそれらはすべてルーレットに吸い込まれてしまった……。

ところで帰りがけに発見したのであるが、このカジノの奥に「サロン」というのがあり、外からは何も見えない。ハイローラーといって、大金を賭ける人たちの場所なのだ。きっと某製紙会社の元社長さんみたいな人がいっぱい来ているのであろう。一回の勝負に何百万も賭けるような人たちだ。そういう人たちから見ると、十ドル、二十ドル賭ける人たちというのはいじましいんだろうなア。自分でもいじましいと思うもの。

「よっしゃ、大儲けしたら明日はショッピング階《フロア》でブランド品買うぞ」

などと意気込んでいる私が、つくづくいじましい。いじましくていじらしいのが、庶民がするギャンブルなんですね。

ところで私と同じようにスロットマシーンや、十ドルから出来るルーレットに群がる人たちに特徴的なことがある。そう、それはみーんなデブということ。

結構な高級ホテルだというのに、洗練された人を本当に見ない。スリムでおしゃれな人がいないのだ。その代わりカジノにたむろしているのは男も女もデブばっかり。

白人のデブというのは、私みたいな日本のデブとまた体型が違う。女の人だと妊婦みたいに下腹がでっぷり出てる。目先の快楽、たとえばジャンクフードに走った結果とみえる。そういう人たちだからこそ、こんな風な小さなギャンブルが好きなのね。ま、私もその一人ですが……。

今後もまたカジノに行きそう。いじましいなりに、やっぱり燃えるんだもん。

欲望こそが生きる糧

この担当編集者から今年（二〇一三年）の抱負を言うようにと言われたが、それほどだいそれたことを考えているわけではない。

昨年もとんでもない忙しさであったが何とか乗り切った。しかもその合い間に海外に五回行き、オペラのアリアを習い文士劇にも出演した。

お世辞だと充分わかっているが、この時の姿と歌を大層誉められたので、すっかりいい気になり写真を年賀状にした。そお、既にご紹介したパンダのイラストを急きょさし替えたのである。

急きょこれに変えました！
謹賀新年
今年も精いっぱいつとめさせていただきます

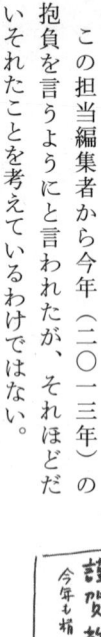

今年もこんな風に楽しく過ごせたらいいなァと思っている。

それから毎年のことであるが、体重をあと五キロ減らしたい。セオリーどおり炭水化物を抜き、夕食を減らしていくと体重は日に日に減っていく。が、これは会食がない冬休みのこと。一月になり毎日のように鮨だ、フレンチだということになるとみるみるうちに増えていく。これをなんとかしたい、ホント。

そして痩せたからといって、もう恋愛だとか何とか、というのはもはや諦めている私。ただ、男の人にちょっとチヤホヤされたいだけ。

あ、そう、そう、そういえば（わざとらしいな）、このあいだある男の人が言った。

「壇蜜の目って、ハヤシさんの目と同じだね」

あ、怒らないでくださいね。私が言ったんじゃありませんよ。男友だちですよ。だけどその人はただの男ではない。日本全国知らない人はいない、エンターテイメント系の大企業の社長である。その人がホントに、私に言ったワケ。

「僕さ、壇蜜を見るたんびに、ハヤシさんのこと思い出すんだ」

嬉しかった。最初は大喜びしたが、すぐに別の感情にとって替わられる。口惜しさが日を追うごとに大きくなる。私ってもしかすると、人生の方向を間違えたのではないだろうか。本当はすごくイロっぽい素敵な女道を歩くはずではなかったか。

壇蜜さんはおっしゃってます。

「色っぽいと言われたかったら、一分間笑顔をやめて黙ってなさい」

そう、みんなに気遣って愛敬ふりまいていた人生。飲み会でもちょっとシラケムードが漂うと、まっ先に喋り出す私。そうよ、もう少し早く壇蜜さんが言うことを知っていたら、この私とて「魔性の女」とか「エロスの権化」とか言われていたかもしれない。

そもそも昔からいろんな人に言われてきた。

「ハヤシさんの小説って、ものすごくエロティックなものがあるのに、本人はどうしてそんなにさっぱりしてんの。下ネタもしないし……」

が、私とて胸に秘めていたものがあったのであるが、なんか出せないまま、ついに出ないまま生きてきた……。もう今さらどうにかなるもんでもないけどさ。

そして最後に今年の目標としては、もうひとつ大きな計画がある。それはもう一軒小さい家を建てたいということだ。

実は子どもの頃から、私はインテリア大好き人間。自分で将来住む家の絵を描いていたことさえある。ひとり暮らしの頃は、いろんな雑誌を見てそれなりに好きな空間をつくっていたものだ。無名の時に、私の部屋がグラビアを飾ったこともあるんだから。

レンガを積み重ねてフェイクの暖炉をつくったり、壁いちめんに青い色の額をかけたりと、あのセンスは今もアンアンの「インテリア特集」に出てもよかったと思う。

それがどうして、こんなに散らかりまくってモノに溢れた家に住んでいるかというと、私のちっぽけなセンスの数倍、だらしなさがあったということであろう。今やウォークインクローゼットから洋服が、壁面の靴棚から靴が、セミオープンキッチンから鍋がはみ出している状態となった。

そこで静かな土地に、週末すごす家を建てたいと切に望むようになったのである。今の家を建てる時は本当に忙しかったうえに身重だったため、ろくに設計図も見なかった。

しかし今度は違う。こんな家に住みたい、という明確なコンセプトのもと、素敵なうちをつくりたいのである。

しかしここで大問題が。そお、先立つモノがないのである。うちの税理士さんは、

「銀行に借金してまでそんなものを建てるな」

と言い、秘書のハタケヤマは、

「ハヤシさん、そんなムダなもの、どうするんですか。今だって一日中とびまわって

うちにいないじゃないですか」

と諭す。しかし欲しいものは欲しい。何年ぶりかで私に芽ばえた激しい所有欲。生まれてこのかた、私はこの欲望を無視したことがない。

そお、そのモノを本当に欲しいという心をずっと大切にしてきた私。欲望こそ私の生きるすべてのエナジーの源……。なんちゃって。

暮れにはアンアンの誌上でお見せ出来るように頑張ります。期待してくださいね。

メスさえ入らなければ

年が明けた頃、ぽっかりと時間があいた。

「エステでもいこうかな」

昨年の夏につくったシミが、日に日に大きくなっているし、弛《たる》みも気にかかる。

「ばしっとレーザーでもあててシミを取ろう」

私は決心した。そして三年ぶりにとあるエステに電話したところ、

「この電話は現在使われておりません」

とテープが流れる。やはり潰れたのか……。私以外にお客がいたことなかったもんな。

私はキッコ社長に電話をかけた。キッコ社長は以前お話ししたと思うが、美容機器や化粧品を海外から輸入する会社を経営している。キャリアウーマンというよりも、いいとこの奥さん風の美人。世界中いろんな美容学会に出かけ、日本中のエステや美容整形医に通じている人だ。

プチプチの水素パックを開発して商品化したのはつい最近のこと。

「ねえ、キッコ社長。どこのエステに行けばいいかしら。どこか紹介して。ついでにシミも取りたいからお医者さんも」

「まかせて」

と彼女は言った。

「私がマリコさんのために最高のところへお連れするわ」

そして今日、六時に銀座で待ち合わせをした。連れていってくれるという。

「ドクターにはいろんな得意分野があるのよ」

歩きながらキッコ社長は言う。

「まずは美白では日本一のドクターのところへ行きましょう。シミを取る技術もすごいのよ」

そんなわけでビルの中にあるクリニックへ。キッコ社長が言うには、最近美容整形医のところで経営するエステが、その勢力を伸ばしつつある。

「お医者さんのところでしか扱えない強い薬も使えるので、このところ人気がすごいのよ」

が、私は何度もそういうところでヤなめにあってきた。美容整形医のところのエステに行っていると、いつのまにか、

「やはりマッサージですることには限界がありますよ。ちょっと手術しませんか」

ということになってくるのだ。

「大丈夫。私がこれからご紹介するお医者さんたちは、どちらもメスを入れるのは嫌な人たちだから」

最初に行ったのはスキンクリニック。紫外線をあてた写真を撮ったところ、シミがいっぱい浮き出ていてショックを受ける。

「これは特殊な撮り方してますから。ハヤシさんはとても綺麗な肌ですよ」

と女医さんは慰めてくれたが心は晴れない。もうこうなったら、レーザーをがんがんあててほしいとお願いしたところ、

「レーザーはダウンタイムが長いですが大丈夫ですか」

シミが黒く浮き出てカサブタになる時間が一週間くらい続くそうだ。来週は結婚披

露宴や対談、インタビューとぎっしり入っている。やはりカサブタつきの顔ではまずいだろう。そんなわけでレーザーよりももっと軽い施術をしてもらう。

「私ね、その後にするマリコスペシャルを打ってきたのよ」

とキッコ社長。機械で導入していく薬品をアレンジしてくれたそうだ。プラセンタ1／2アンプル、トランサミン1アンプル、ハイドロキノンパウダー0・3g、APPSパウダー0・1g、NCTF0・5ccなんかを混ぜ、メソアクティスという機械を使うのだ。

終わったら自分でもびっくりするくらい肌がスベスベ。

「マリコさん、この顔だったらスッピンで歩いても大丈夫」

社長にそう言われ、眉くらい描きたかったのであるが、そのままの顔で本当に銀座を歩いて移動、東銀座の大きなクリニックに向かった。

「ここはリフティングでは日本一。おまけにドクターがすごいイケメンなのよ」

今日はカウンセリングだけしてもらうことにした。

やがていらしたドクターは、背が高く確かにイケメン。私の頬にちょっと指をおいて言った。

「ハヤシさんはここを上にあげたいですよね」

「お願いします。でも私、メスを使った美容手術嫌いなんですけど」

「僕も嫌いですよ。ハヤシさん、美容医療は進んでいて、メスを使わない傾向にあります」

「へえー」

先生は言う。年をとるにしたがって、どうしても顔が大きくなってくるか、弛んでくるかだが、それらは骨の問題だそうだ。

「うちでは針を使って、頭がい骨にヒアルロン酸入れてます」

ひえ、痛そう。が、ごく細い針を使うのでほとんど痛みを感じさせないそうだ。写真を見せてもらったが、骨注射で、すごく顔が小さくなった女の子がいた。私はもちろんここまで望んでいないが、骨を強化することで弛みはぐっとなくなるそうだ。心は躍る。そんなわけでこれから先端美容医療に挑むつもりである。レポートします。

女子の大望

このあいだ郷ひろみさんの結婚披露宴に行ってきた……。

と言うと皆びっくりする。

「えー、ハヤシさんって郷ひろみと仲がよかったの?」

接点がないと思われているらしい。

昔のことを考えると感慨深いものがある。今から三十年近く前、「聖輝（世紀）の結婚」と言われた、松田聖子ちゃんの最初の結婚披露宴に出た。その後何年かして、やはり大騒ぎになった郷ひろみさんと二谷友里恵さんの結婚があった。この時は日本中の女が大興奮したものだ。当時二谷さんは超お嬢さまで、ほとんど情報がなかった

こともある。あの郷さんのハートを射とめた女性がどんな人かよくわからず、私と仲のいい女性編集者がたまたま二谷さんと会食する機会があったので、

「みんなにその話をしなさいよ」

と、女性編集者から聞いたことをこのアンアンに書いたことがある。

それとは関係なかったはずだが、ものすごく高い視聴率をとった二人の結婚披露宴のテレビ中継の後、会う人ごとに聞かれた。

「ハヤシさん映ってなかったけど、いったいどこにいたの」

みんな私が出席すると信じて疑わなかったのである。へえーっと思った。私はそれまで郷ひろみさんに会ったことがなかったからだ。いかに当時私がテレビに出ていたかわかる。

そして歳月がたったが、私は「ザ・スター」「ザ・芸能人」である郷ひろみさんとは全く縁がない人生だと思っていた。だから『ダディ』なんか書いた時はワルクチも書いたっけ。

ところがひょんなことから、ひろみさんと会うことになった。びっくりした。本当に驚いた。こんなピュアな人を見たことがなかったからだ。あの体型と声を維持するために、ものすごくストイックで努力家だろうとは想像していたが、それだけではな

い。自分にはものすごく厳しいが、他人にはこのうえなく優しく誠実な人だ。スターの傲慢さやくさみがまるでなくて、食事会にはひとりでやってくる。そしてほとんどおごってくださる。

私の女友だちはもともと大ファンであったが、生身の郷さんに夢中になった。そして、

「私は郷さんの後妻になる」

という大望を抱くようになったのである。

郷さんはそういう売り込みに際していつもニコニコして、

「僕はふつうの女性で優しい人ならいいんだ」

なんて言ってた。しかし披露宴に行って思った。ちっともふつうじゃないじゃん。タレントさんにもモデルさんにもちょっといないぐらいの美人である。笑顔がすごく可愛い。いかにも性格がよさそうな女の子だ。

最後にひろみさんは歌を所望されたが、

「〝お嫁サンバ〟は縁起が悪いから」

と苦笑した。披露宴でこの歌をプレゼントしたカップルが、何組か別れたからであろう。そして新妻のためにバラードを二曲歌いあげた。あぁ、羨ましいっす。

「ひろみさんって、やっぱり美人が好きなのね」

テレビを見ていた女友だちから電話があった。

「私だって、何回かご飯を一緒に食べてたから、もしかしたら……と思ってたのに」

うーん、彼女の気持ちはよくわかる。私も昔、芸能人や有名人とご飯を一緒に食べた時、〝もしかしたら〟という妄想を抱いたことがある。が、そんなことは一度もなかった……。

私はもう諦めているが、私のまわりの女性たち、若い作家や編集者はなんとか頑張り、大望を成就させてもらいたいものだ。

ところで来週は、見合いの立ち会いがなんと二つも控えている。

私と親しい女性編集者は、どうしても今年（二〇一三年）結婚したいと宣言した。

「ハヤシさん、お願いします。私は本の好きな優しい男の人なら誰でもいいです」

そんなある日、私のサイン会にやってきた彼女は、私の傍《そば》に立っている人に目をとめた。

「ハヤシさん、あの人ステキですね」

いつも私の本を担当してくれている、某大型書店の書店員A氏である。かなり年下であるが、A氏はお見合いOKと言ってくれたのだ。

そしてもう一人は、私の親戚の女の子である。彼女はとてもいい子なのであるが、三十半ばになってしまった。田舎でこの年になるとかなり厳しい。

「マリコねえちゃん、私、どうしても今年結婚したい……」

と同じように懇願された。お正月、帰省して地元の居酒屋で飲んでいたら、隣りのテーブルに若い男性の一団がいた。聞いてみると私の高校の後輩ではないか。みんな地元の公務員で、年ごろの女たちからみればヨダレがたれそうな相手ばかり。私は中でもひときわイケメンの独身をゲットした。狭い地域なので身元もすぐにわかった。

そしてめでたく見合いの運びに。大望は抱かないこういう女たちにも、私は幸せを届けたいの。

唇って不思議

先日あるVIPの方が言った。

「今度ハヤシさんの友だちとご飯食べたいな。誰か連れておいでよ」

ということで、私は二人の魔性の女を連れていった。一人は最近テレビのコメンテーターとしても大人気の、新潮社のナカセユカリさん。このあいだ新刊のサイン会があり、彼女は私の担当編集者として傍に立ってくれたのであるが、私がサインを終えた女性の二人に一人が歓声をあげる。

「わー、本物のナカセさんだ。握手してください」

あやうく主役の座をとられそうだった。

もう一人は魔性中の魔性、脚本家のナカゾノミホさんだ。昨年（二〇一二年）「ドクターX」を大成功させ、今、売れに売れている。もともと美人のうえ、旬の人のオーラに照り輝いているのだから強い。

当日、このナカゾノさんに遠慮して、ナカセさんはおとなしくしていた。それをいいことに、やたら魔性をふりまくナカゾノさん。私はモテる女の秘訣をつぶさに観察した。

「あーん、私、緊張して喉が渇いちゃった。ビール飲んでもいいですかァ……」

とぐびぐび。

「もう、私、ダメ。緊張してぜんぜん酔えない……」

と、突然自分を無防備に投げ出す。これがコツですね。

そして私にスマホを渡した。

「私、みんなに自慢したいから写真撮ってね」

ついでに私のでも撮った。その画像を見ることもある。男の人の方に上半身をかたむけ、にっこり微笑んでいるナカゾノさん。笑顔がキレイ……。

私は反省した。ついこのあいだも、

「アンタさ、どうしていつも怒った顔してんの」

と友だちに言われたばかりなのである。インターネットを見ていたら、

「ハヤシマリコを見かけたら、不平不満いっぱいのおばさんだった」

と書いてあるではないか。口角が下がっているばっかりにムスッとして見えるのだ。これについては私だっていろいろ努力してきた。唇を巻き込んでそのまま十秒おく。こうして口角を上げる顔の体操だってしてきたのだ。しかしいったん下がったものはどうしようもない。それに幼稚園の時の写真を見ても、私の口は〝への字〟になっているではないか。もともとそういう顔なのである。

私が以前やっていた加圧トレーニングの個人トレーナーは、体を動かしている最中、

「ハヤシさん、スマイル、スマイル」

といつも注意してくれたっけ。ダンベルで力を入れながら、口角をぐっと上げる。するとちゃんと筋肉が記憶してくれるそうなのだ。

テレビは私には向いていないとつくづく思うのは、画面に映った時のぶっきら棒なもの言いようですね。これは微笑むことと、喋ることが同時に出来ないからである。

しかし世の中には口角を上げながら喋ることが出来る女の人たちがいる。言わずとしれた女子アナの方々だ。見れば見るほどすごいテクニック。いちばん可愛い表情を固定したまま、なめらかな口調で発音することが出来るからである。

が、ふつうの女がこれを真似しても、あまりいいことはない。ルックスはちょっと……なのであるが、口角を上げてものすごく感じよく話す女の人って、世の中に時々いる。声もすごく綺麗だけど、私はちょっとイタい感じがする。

女にはそのレベルに合った喋り方がある。この外見ならば、私と同じぐらいの無愛想な喋り方でもいいのではないかと私は思うのである。

ここでふと考えたのであるが、男で口角が上がった人というのを見たことがない。いろんな芸能人の顔を思い浮かべたがやはりいない。それと同じようにアヒル口の男も皆無ではなかろうか。いたら教えて欲しい。それと同じように、女の子だったらモテる要素の〝ぼってり唇〟も男だったら気持ち悪いかも。

男だったら、唇が特別の個性を持たない方がいい。さっぱりと薄く、印象に残らない唇。だけどちゃんと締まっている。これがベストでありましょう。

そうそう、私の友人でものすごいぼってり唇男がいる。この人は不倫していて相手の女を私も知っている。私は彼のぼってり唇を見るたびに、

「この唇でキスしたり、イヤらしいことしてんだろうなァ」

と何か顔が赤くなるのである。困ります。

ところで口角が下がる一方の私は、先端美容医療をやってみようと決心する。そう、

前々回でお話しした、骨そのものにヒアルロン酸注射をするあの美容整形医のところだ。ここで一本八千円の注射を何本か打つと、顔がきゅっと上がるという。

ついでに美容整形してアヒル口にしようかなぁ……と夢みる。が、アヒル口のおばさんというのも見たことがない。もともとアヒル口をしていても、年とって重力で唇が平らになってくるのか……。

考えれば考えるほど唇って不思議だ。

十七年ぶりのソウル！

私のまわりの女性たちは、みんな韓国が大好き。K－POPやドラマにはまっているだけではない。しょっちゅうソウルに遊びに行き、買物をしてくる。中にはあちらのファッションが大好きになり、輸入して売る店をつくった友人さえいる。

仲よしの友人は、ソウルで買ったものをしょっちゅう見せてくれる。それはキラキラものが多い。バッグにピースマークやアニメを描いたものだ。行ってオーダーしてくるのだとか。

「マリコさんも一緒にソウル行きましょうよ。あっちは食べ物もおいしくて、もう最高よ」

私も行きたいのはヤマヤマであったが、仕事での海外行きがしょっちゅうあって、なかなか行く機会がない。そうしているうちに、円高もいち段落して、みんな前ほど誘わなくなった頃、元アンアン編集長、ファッションエディターのホリキさんからこんな提案が。

「ソウルでSMAPの草彅クンがお芝居するんだけど見に行かない？　一泊あれば充分よ」

ということで、金・土の二日間行くことにした。

編集者魂に燃えるホリキさんは、下準備もばっちりして、私にうんと楽しい二日間を過ごさせようと骨を折ってくれた。雑誌に出ているレストランの切り抜きをわざわざ持ってきてくれるほどだ。

「ねぇ、予約しようと思うんだけど、どの店がいい？」

ホリキさん自身もソウルが大好きで、昨年（二〇一二年）だけで四回ぐらい行ったらしい。

「ハヤシさんは何回め？」

実は私、二回しか行ったことがない。しかも最後が十七年ぐらい前だったのではなかろうか。なんか暗くて寒いとこ、という印象しかないんですけど……ハイ、わかってます。それは昔のことなんですね。

しかし寒いのは本当らしい。

「毛皮でもいいみたいだよ。二月は本当に冷えるんだって」

ということで、私は大昔の毛皮のロングコートをクローゼットの奥からひっぱり出した。黒のミンクでジル・サンダーだから、そんなにおばさんっぽくないと思うんだけど、やっぱり毛皮は着ていると何か気恥ずかしい……。おまけにカサばるし、ますますデブに見える……。

とにかくそれを着て羽田に行った。羽田からソウルへ向かうのは、今回初めてであるが、飛行時間は二時間。これだったら沖縄行くのと変わりないかも。

準備ばっちりのホリキさんは、現地の女子大生のドライバー兼ガイドを頼んでおいてくれた。日本語はちょっとたどたどしいが、ものすごく可愛い女の子だ。彼女の車でランチの場所へ向かう。

久しぶりのソウルは、ビルが建ち並び、女の子はものすごくおしゃれ。しかもそんなに寒くないではないか。みんなダウンかウールのコートだ。先週まで氷点下だったが、急にあったかくなったとか。

レストランでホリキさんと親交のある女優さんと会った。イ・ナヨンさんといって、日本の映画にも出た有名な人だそうだ。ものすごい美人で、顔が小さい。起きたてだそうでスッピンであったが、韓国の人独特の透きとおるような肌をしている。

ここでの食事がものすごくおいしかった。キムチと野菜の二色のチヂミ、ドングリの実のスープ、薬草の炊き込みご飯、お肉のプルコギ。これをイさんがご馳走してくださった。スターなのに気を遣ってくださる方だ。

「申しわけないわ。では今度は東京で私たちがお食事にお誘いします」

と言ったら、イタリアンがいい、とのこと。フレンチやイタリアンは、東京の方がずっとおいしいとのことであった。ちなみに彼女は流ちょうな英語を話す。

そして夜は草彅クンのお芝居を見に国立劇場へ。国立だけあってものすごく大きく立派な劇場だ。

日本人もいたけれど、韓国のお客さんがほとんどだ。見かけは同じだけれど、あちらは韓国語のパンフレットを持っているからわかる。

そして草彅クンは、韓国を心から愛する日本人教師を熱演し、日韓両方の観客からスタンディングオベーションを浴びていた。韓国語を喋ることの出来る彼にぴったりの役だ。

ガイドの女子大生によると、草彅クンは韓国でもすごい人気だそうである。このあいだはトーク番組にも出たらしい。

そして次の日は、朝からショッピング。免税店に行き化粧品をどっちゃり買う。そしてアウトレットショップへ。

「ソウルはびっくりするぐらいこのテのショップが充実してるよ。東京もかなわないかも」

とホリキさん。しゃれたコンクリートづくりのショップには、ジョゼフ、ニール・バレット、イザベル マラン、トム ブラウンなんかがずらり。しかも七〇パーセントオフ！

私、ジョゼフのジャケットや、別のブランドのレザーブルゾンも買ってしまった。

韓国は小物も可愛く、ポーチもいっぱい買い込む。が、ここで重大なことに気づいた。実は一泊で買うものもないからと、下着と化粧品だけを入れ、ワンナイトバッグひとつで来てしまったのだ。仕方なく安物の大型バッグを買うはめに。

これ使って、また買い出しに行きますよ！　ホント。なんて楽しいんだ、ソウル。

夜のお菓子のおうち

ちょっと前の話になるけれど、バレンタイン、みなさんはどうしてましたか。

この頃は男性に渡すよりも、女同士の交換が多いという。

私はこのあいだフランスから来たショコラティエのショップに行ったところ本当にびっくりした。一粒が五百円するではないか。一口でぱくっとやるやつが五百円だ。いくら何でもあまりにも高価過ぎるのではないだろうか。

私はチョコといえば、グリコのアーモンドチョコが大好き。本当に好き。新幹線の中でも売っているので、つい買ってしまうこともある。

このあいだインターネットで、

「林真理子はどうしていつまでたってもデブなのか」

と書かれていたが、答えはひとつしかない。単に意志が弱いだけ。だから何なのよ。私がデブであんたに迷惑かけてる？　めったにテレビに出るわけでもないし、それがどうしたワケ？　と居直る私である。

だけど心のどこかではこのままではいけない、という思いもあって、それなりにダイエットもしている。ここんとこ凝っているのは、原宿のオッシュマンズで買ったウエーブストレッチリング。くにゃっと曲がった形をしていて、これに手を入れる。そして上にあげたり、ぐるぐる回したりすると、上半身がぐっと伸びる仕掛けだ。

が、こういう努力にもかかわらず、毎日私には誘惑がいっぱいだ。それはうちにやってくるお客さんが、みんなお菓子を持ってきてくれるということだ。それも、

「ハヤシさんに喜んでもらおうと思って」

というすぐれもの。珍しいクッキーとか老舗の生菓子だ。駅前のコ○○ーコ○ナーでケーキを買ってくる人はまずいない。ここの生クリームシューは結構いけるのであるが。

そしてさらに誘惑が多くなるのは旅ですね。先日静岡県浜松市でエンジン01のオー

プンカレッジが開かれた。文化人やクリエイターが百五十人集まり、約百の講座を繰り拡げるという大きなもの。

このウェルカムパーティーには、ご当地の名物がずらりと並ぶ。静岡牛のステーキ、浜松餃子、お鮨の屋台が並んだのであるが、私のおめあてはそう、うなぎパイだ。私はこのパイが大好き。「夜のお菓子」と銘うっているのでエッチなことを考える人が多いのであるが、夜の家族団らんのためにつくられたのでこの名前になったという。

コーナーの前に行ったらびっくりするではないか。うなぎパイでつくった小さなおうちが並んでいる。お重箱ぐらいの大きさ。その中にプラスチックのケースに入った、

「ようこそ林真理子さん」

とチョコレートで書かれたプレートつきのおうちがあった。私のためにつくってくださったのだ。感激した。

隣りにはバウムクーヘンの実演があった。おいしそうなにおいがする。さっそくいただいたところ、ふんわりしていて本当においしい。ここでも、

「ハヤシさん、持っていって」

と一箱お土産にもらっちゃった。

これをうちに持って帰ったところ、アルバイトのミサキちゃんが大声をあげた。

「ハヤシさん、これって治一郎のバウムクーヘンじゃないですかっ」

「そんなに有名なの？」

「いまお取り寄せ人気第一位ですよ。私、すっごく食べたかったんです。うれしーい」

と大喜びされた。

こういうスイーツって、女の子たちの暗号みたいでとても面白い。

そう、そう、バウムクーヘンといえば、このあいだ郷ひろみさんの披露宴に呼ばれたことは既にお話ししたと思う。お客さんに芸能人は少なく、女優さんといえば大地真央さんだけ。が、女優さんに負けないぐらい華やかなオーラを放っている人がいた。

「シンコ社長じゃないの！」

ひょう柄のドレスを着こなして、テレビで見るよりずっと美人。確か資産数十億の女社長で、バウムクーヘンが大あたりしたんだっけ。ちょっとお話ししたいと思ったのであるが、うまく近づけず残念であった。

そして引き出物を見たら、素敵なゴーフレットと一緒にマダムシンコのバウムクーヘンが入っていたではないか。なかなか手に入らないという超人気のバウムクーヘンだ。書かれているとおり、ちょっと電子レンジでチンして食べたところ、口の中にひろがる玉子のやさしい味。おいしいバウムクーヘンは、いい玉子を使っているからすぐにわかる。

私もこんだけスイーツ好きでいろいろ食べていたら、何かを新発売出来るんじゃないかしらとぼんやり考えた。

ところでうなぎパイのおうちであるが、一週間テーブルの上に飾っておいたのであるが、ある日、かなり酔って帰ってきた私は、どうしてもそれを食べたくなってきた。そしてバリバリと屋根を壊し口に入れた。甘い。おいしい。そして壁を壊し崩壊させていった。ものすごい勢いで破壊を続ける私。ダイエットの綱がお酒によってぷつりと切れるのはいつものこと。今回はお菓子の家を壊すという暴挙に出たのだ。だから私はデブのまんま……。

壇蜜マリコの春の陣

春になると心がウキウキ……なんていうのは、ずっと遠い頃の話だと思っていた。しかし私はこう断言したい。

「春になって、何かいいことが起こるかもといつも考える女でいなくてはいけない」

美容コスメのお試し隊の一員になったことは既にお話ししたはず。日々実験と開発を繰り返すキッコ社長からもらった水素パックは、二つの薬品の入ったビニール袋をプチプチと押して合体させる。そして水素を発生させ顔に塗る。これが効果バツグンなのだ。一週間続けてやったら、肌理《きめ》が違ってきた。

口の悪い秘書、ハタケヤマでさえ、

「ハヤシさん、いったい何をしてるんですか」

と聞いてきたぐらいだ。私は彼女に特別にひとパックあげた。

「まだ試作品だから、大事に使ってね」

おかげでほとんどスッピンでいられるぐらい。自分でも肌があんまりにもいい感じなので、ファンデーションをつける気がしなくなってきた。下地クリームを薄く塗って、お粉をはたけばそれでOK。おかげでぐっと若返った感じ。

しかもキッコ社長は、

「ボディなら、今、ここが日本一」

というエステを紹介してくれた。肩とデコルテのマッサージをしてもらったらとてもよかったので、今度は四時間コースを予約した。

「次はヒアルロン酸をしてみましょう」

とキッコ社長は提案してきた。

「私、マリコさんをキレイにするの、楽しくて仕方ないのよ」

「ありがとうございます。だけど、私とヒアルロン酸ってどうも相性が悪いらしくて、顔が赤くなったり、ぽこんとふくれたりするの。三年前に一度やって以来、もうしてないの」

「大丈夫。私がヒアルロン酸なら日本一のドクターのところへ連れていきますから」

キッコ社長が言うには、ヒアルロン酸注射は、ドクターの腕とセンスがものすごくはっきり表れるそうだ。そのドクターは「神の手」と呼ばれ、

「有名な女優さんとかタレントさんしかしないの。ふつうの人はもうやってくれないのよ。ちょっとお高いけど、本当にうまいの。すっごく自然でいい感じにやってくれるの」

ということであった。私なんか「ふつうの人」の範疇《はんちゅう》であるが、特別にやってくださるそうだ。このコラムのおかげに違いない。

まだヒアルロン酸は注射していないけど、肌はキレイになったし、目は「壇蜜」だし、この私がモテないはずはないと強気になってくる。

ついこのあいだのこと、女性二人、男性二人で久しぶりに合コンをすることになった。男性の方はリッチで遊び慣れている、おしゃれなおじさまたちだ。そのうち一人はかねてより、エッチな話になると、

「きっとご満足いただけると思うよ」

と私の目をじっと見るのである。たとえ冗談とはいえ、こういう言葉は結構嬉しい

もんですね。

日比谷のホテルのラウンジで待ち合わせをし、食事するところへ向かっていた時だ。某高級ブランドのショーウインドウは、春まっさかり。ピンクや白の色彩であふれている。その中にマネキンが着ていて、ものすごく可愛いスカートが。大きな花が薄い白ローンにアップリケされている。その色の感じが何ともいえず華やかで愛らしい。

「ちょっと入ってみようよ」

とおじさまが言った。そして私もさっそく試着。こういう時、はけなかったら悲しいけど、偶然にも大きいサイズだったワケ。カッコつけていろいろポーズをとる私。だけど買うつもりはない。だって五十七万円ですよ！　五十七万円のスカートをはく人が、この世にいるとは思えない……。だけど存在するってことは、買う人がいるっていうことだ。

「中国人の富豪の娘かしら。それともバブリーな男の愛人かしら」

と私が言ったら、そのおじさまが、

「君が僕の愛人になってくれたら、このスカートぐらい買ってあげるよ」

その後、こうささやいた。

「きっと満足してもらえるだろうし……」

こういうジョークには、もちろんジョークですぐ返すのが年の功。

「私もあと十年若かったら、このスカートを買ってもらうんだけど……。今の私だったら、次の日の朝、スカート返品してこいってことになりそう」

と言って笑わす。とはいうものの、あのスカートはやはり忘れられない。いいもん、二ヶ月後、バーゲン見はからってきっと買う。あのサイズはそんなにいないだろうし。

ところでこんなんじゃなく、もっとリアルな話が……。ヒトヅマの私がこんな話をするのもナンですが、独身時代の元カレとは、電話で話すぐらいのつき合いがずっと続いていたのであるが、ある時「着信拒否」にされてしまった。これはずっと長いこと私の心の傷となっていたのであるが、このあいだ新しいスマホからかけたら、つながったではないか。仕事のことで精神的にあまりいい状態ではなかったらしい。じっくり話したら誤解もとけてすっきり。

そう「壇蜜マリコ」の春の冒険はこれから。早くヒアルロン酸注射しよーっと。

放置プレイもいいけど

新しいスマホに替えたのを機に、かねてより興味のあったスマホアプリのナメコ栽培にのり出すことにした。

今までやらなかったのは、とことんのめり込む自分の性格を知っているからである。

若い友人たちは、スマホのゲームにハマって、

「もう麻薬みたい」

と言っている。仕事中でも、人と会っている時でもスマホを取り出さずにはいられない。もうやめよう、やめようと思っても、つい指が動いてしまうんだそうだ。

私は自由業なので、縛られる時間が少ない。スマホを止めているのは、何かの選考

会か対談、講演の時ぐらいだ。あとは好き勝手出来る。これが本当に困る。五分おきぐらいにナメコの生育状況を見ずにはいられないのだ。

「これはもう、ほとんどビョーキかも」

ということで、外に出かける時はスマホを家に置いておくことにした。が、五、六時間ほうっておいても、別にどうということはないんですね。

ところで話は変わるようであるが、私は、

「ほっておくと、勝手に育つもの」

が大好きだ。みんな好きだろう、と言われそうであるが、中にはうんと手をかけて、いじくりまわすことに喜びを見出す人も多い。盆栽などというのは、その最たるものであろう。

暮れにすごくおしゃれな人から、盆栽の鉢をいただいた。松と梅が組み合わせてある。聞いたところによると、都会の高感度な人たちの間で、盆栽いじりはもはや定着しているとのこと。この梅に、あっという間に花が咲き、枝がにょきにょき伸びてきた。

「このままじゃまずいんじゃない。やっぱりなんかした方がいいんじゃないの」

と秘書のハタケヤマに言ったところ、彼女もめんどうくさいことが嫌いなタイプな

ので、

「いいんですよ、このままで」

とか適当なことを口にする。私はさすがに気になって、本屋さんで「盆栽入門」を買ってきた。が、カタチとか鋏《はさみ》とかがものすごく大変そうなので、そのままにほってある。そのまんまにしとくと、勝手に綺麗になってくる植物ってないだろうか。

食べ物でいえば、シチューやカレーをつくるのが私は大好き。ポトフなんていうのも、私のためにあるようなメニューだ。材料をほうり込んで火にかけておけば、どんどん味が進化していくのである。カレーなんか前の晩につくってほったらかしておけば、格段に味がアップする。言ってみれば放置プレイが、いい結果を招くというもの。

お肌やダイエットはそうはいかないと思っていたら、このところまたまわりで流行り出したのが「そのまんま美容」。

数年前、私もこれをやったのを憶えているだろうか。某有名な皮膚科のお医者さんのところへ行ったら、そこのナースが本当にゆで玉子をむいたような肌をしているのだ。いや、ゆで玉子よりも水蜜桃という方があたっているかも。頬が薄いピンク色で、ほんのりにおってくるかのようだ。

「石鹸だけで洗って、何にもしないからこの肌になれるんですよ」

と医師は言った。

「化粧水や栄養クリームをたっぷりつけるから、今の人の肌はなまけ者になって、自分じゃ何にもしなくなっちゃうんだよ」

基礎化粧は何もせず、メイクもファンデーションは絶対に使わない。

「あれって色白肌にペンキを塗って、シンナーで落とすようなもんですよ」

なるほどと思い、私は医師の言うことを聞くようにした。石鹸で洗いっぱなしの、肌の「放置プレイ」を始めたわけ。そうしたら、だんだんくすんだおばさんになっていった。写真を撮ると、私だけ色が黒いのである。そしてわずか一ヶ月で、元の化粧や手入れに戻した。

「一年我慢すれば、新しい綺麗な肌を手に入れられたのに」

と医師は言ったが、そんなことが出来るわけないじゃん、と私は思った。ところがこの頃、この「一年の我慢」をクリアした友人が次々と出てきたのだ。中にはヘアメイクの女性もいるし、編集者、某有名人の奥さんもいる。みんな石鹸だけで洗うことを一年続けた人たちは、肌理《きめ》の細かい白〜い肌になっている。が、私は真似しようとは思わない。トシマの女にとってこの一年は大切な一年。リセットするために、ババっちくても辛抱しろ、なんてことはあり得ないのである。

ここのところ、私が凝っているのは水素。コンビニで買った水素水をいつもちゅうちゅう吸っている。眠る前には水素をひと粒。それに忘れてはならないのは、毎朝している水素パックだ。これはWパウチで直前に合体させるため、すごくいい炭酸が出るんじゃないかと思う。

その前にマッサージをするのも忘れない。そしてパックの後は、化粧水をぴたぴたとたっぷりつけて、美容液とデイクリームを忘れない。なんかする、ということは「キレイになりたい」という姿勢とつながることをひたすら信じている私なのである。

私のこと知ってる？

信じられないプロポーション、
あんた人間か?!
MISS NIHON

新連載の小説は、ミスコンテストがテーマだ。昨年（二〇一二年）の暮れに、ラスベガスに行ったのもそのため。「ミス・ユニバース」の世界大会を見に行ったのだ。

この時は会場のあまりの広さと盛り上がりにびっくりした。が、席が遠かったのでよく見えなかったのが残念である。

そして今回はミス・ユニバースの日本大会。東京国際フォーラムで行われた。プレス席で前から二番めだったので、ミスたちの表情までよーく見える。

おまけにコンテストの始まる前、ちょっとだけ控え室をのぞかせてもらうことになった。ヘアメイクの最中であったが、すれ違うミスたちのまあ、背が高いこと。見上げてしまう。もともと百七十センチ台の人たちが十センチ以上のヒールを履いているのだ。

私や編集者たちは見るからに部外者なのであるが、

「おつかれさまでーす」

とすれ違うたびに挨拶してくれる。裏方の人たちにも感じよく出来るかどうかも、確か採点の対象になっているんだっけ。

ところで今年から、ミス・ユニバースは、県代表制になった。北は北海道から、南は沖縄まで、四十二人が出場する。四十七人でないのは、

「ビューティー・キャンプの間にデブになったから？」

と聞いたら、そんなことないですよ、と関係者に笑われた。

「辞退者が出たんです。二週間ぐらい拘束されるんで、ＯＬの人にはちょっとつらいかもしれません」

ということであった。

そしてコンテストが始まる。ショートパンツ姿で踊る女性たちの、その美しいことといったらない。ビューティー・キャンプという合宿で、ウォーキングやポージングもばっちりやっているので、みんなモデルさんのように歩くことも出来る。実際にモ

デルさんも多いそうだ。

それにしても、これだけたくさんの美女が集まると、とても甲乙つけがたい。みんな美人。みんなスタイルばつぐん。しかし私の目は、つい「山梨代表」にひきつけられる。がんばってね！

昔から、

「富士山の見えるところには美人がいない」

と、何かと軽んじられたわが山梨。このあいだはある歴史家の人と話していてその話をしたら、

「いやー、山梨よりもっとひどいのはA県と言われてますよ。あそこは奈良時代から国中の美女を毎年何百人も朝廷に献上していたから、今も美人が払底してるんです」

なんて言ってたっけ。まあ、そんな大昔のことはどうでもいいとして、「ミス山梨」は相当可愛い。これはかなりいいセンいくのではと思ったところ、第一次審査で落ちてしまった。残念。

そして水着審査、イブニング審査と進み、五人がファイナルに残った。

最後は審査員との質疑応答であるが、ここで中身にはっきりと差がつくのに驚いた。幼い口調のままの人もいるし、ものすごく明確に、自分の美意識について語る人もい

る。そう、ミス・ユニバースは知性も大切な条件なので、ここのところもちゃんとしてなきゃね。ところで五人のファイナリストの中でも顔の端正さがひときわ目立ったのが「ミス三重」であった。どのくらい美人かというと、グランプリに選ばれ次の日「めざましテレビ」に出演したところ、一緒に並んだ美貌を誇るフジの女子アナが、背の低いふつうの女の子に見えたではないか。あのフジの女子アナがですよ。人というのは対比するものによって、これほどまでに変わるものだと実感した。

そう、そう、この「ミス三重」であるが、「あなたの頭に浮かぶ漢字は」という質問も見事にのり切った。

「漫画です。私は八年間ずっと漫画を描いているんです」

と答え、会場はかすかにどよめいた。いっきに観客の心をつかんだ彼女の勝利を、私は確信したのである。

そしてやはり彼女がグランプリを受賞し、その後近くのホテルでパーティーが行われた。エレベーターでミスたちと一緒になり、その背の高さと脚の長さをまざまざと見せつけられた。ホントに同じ人間でしょうか。

会場に入った私は、まず「ミス山梨」を見つけた。さっそく「お言葉」をかける。

「ずっと応援してましたよ。すっごく綺麗だったわ」

彼女はにこやかに対応してくれたが、私のことなどまるで知らないことがすぐにわかった。なんか「上から目線」のなれなれしいおばさんだと思ってるみたい。

「そちらも山梨のご出身なんですか」

と問われて、ついに私は言った。

「あの、私、山梨出身の作家でハヤシマリコというんだけど知らないかしら……」

さあ……と首を横にふる彼女。私は本当にがっかりした。同郷なのにこんなもんなのね。

さよなら、生娘ワンピ

まあ、自分で言うのはナンであるが、私は太っ腹の方だと思う。人にご馳走するのが大好きだし、世間の人にイイ顔をしたい方。

こういう私の性格が遺憾なく発揮されるのがバザーの時だ。アンアンの長い読者であれば、「誌上バザール」の際、私がいかに気前よくバーキンやケリーを出してきたかを憶えていてくださるに違いない。

さて私がお手伝いしているチャリティバザーの日が近づいてきた。そお、二年前のこのバザーの時、私は頑張ったと思う。みんなに、

「とにかく金目のもの出して」

とお願いして、ブランド品のバッグやアクセサリーを出してもらった。

もちろん私だってケチなことはしませんよ。ハワイで買ったばかりのシャネルのジャケット（ビーズがいっぱいついてるもの。一回だけ着用）、ちょっぴりユーズドの大型バーキンなどを出した。他に有名人がサインつきお宝をいっぱい提供してくれ、バザーは大盛況。七百万円ぐらいの売り上げがあった。しかしオークションの司会やいろいろやった私、次の日ダウン。頭が割れるように痛くなり、ゲロもしちゃった。

「これはクモ膜下出血かもしれない」

と、急きょ病院に行ったぐらいである。

だからして今回またバザーをする時、

「責任者は絶対イヤ」

とうまく逃げたのである。そして他の人にいろいろやらせているうち、良心の呵責《かしやく》を感じた私は、うちの中のものをいろいろ探し出し、持っていくことにした。

買ったばかりの、値札がついている夏のトートバッグ、新品のジル・サンダーのスカーフに加えて、デンマークのお皿とかセリーヌのお財布いろいろ。そしてクローゼット、別名チョロランマにも分け入った。きっと奥の未開の地に、お宝がひそんでいると思ったからである。

そうしたら、ありました。昨年買った春夏もののプラダのワンピ。これはどんなことをしてもファスナーが上がらない。ゆえに新品だ。

ここで人は問うであろう。

「どうしてファスナーの上がらないワンピースを買うの？　試着しなかったの」

実はこの下のサイズを試着した時、どうしてもきつかった。そうしたら店員さんが、

「上のサイズをお取り寄せしましょうか」

と言ってくれたのである。わざわざお取り寄せしてもらったものは必ず買わなくてはいけないと、私は思っている。というわけで、それを購入したのである。もちろんダイエットをちゃんとするつもりであった。

しかし私が痩せるのよりもはるかに早く、季節は過ぎ去っていったのである。この夏もたぶんこのワンピを着ることはないであろう。私は諦めて新品のこのワンピをバザーに出すことにした。

そしてもうひとつすんごいものを見つけた。プチダイヤが三つついたチェーンである。これ、誰かにいただいたものであるが、まるで記憶にない。たぶん何かの賞品だったかもしれない。これも持っていくことにした。

バザーの責任者は言う。

「今回からラッフルをすることにしたの」

ラッフル？　それって何なの？　名犬ラッシーとかワッフルなら知ってるけど。

「ひと口五百円のくじ引券を買ってもらって、それを自分が欲しい商品の箱の中に入れてもらうのよ」

つまり人気投票なんですね。

そしてバザーが始まったが、告知もきいてたちまち人でいっぱいになった。これはちょっと驚きであったが、あのプチダイヤのチェーンがすんごい人気ではないか。

「ハヤシさん、これってすごくいいもんだよ、本当に出していいの」

と念を押されたけれど、ひっこめたら女がすたる。

そしてプラダのワンピの前も人だかりがしている。それはうれしいのであるが、おばさんが自分の胸にあて、

「サイズ42だってー。やっぱり大きいわよねー」

なんて言ってるのを聞いたワ。

「これでファスナー上がんないのねぇ。へぇーっ……」

なんて声も……。

ごめんね、と私はワンピに詫びた。私がデブなばっかりに、あなたを旅に出すこと

にしちゃったわね……。今度こそ痩せてすっきりして、あなたの妹たちをちゃんと着こなすからね。

ところでこのバザー、男性会員からいいワインがいっぱい出てる。ヴィンテージもののマグナムなんか、買ったらすごい値段だ。私は自分でラッフル出来ないので、やってきた友人に頼んだ。

「ワインに投票してね。そしてあたったら飲ませてね」

そうしたら彼女からメールが。一万円もラッフルに投資した成果があり、みごとワインを一本あてたそうである。しかも彼女に、私は会場に来ていた独身男性を紹介し、強引にお茶を飲むようにとりはからった。すると、

「次の日からまじでラブラブ」

というメールがきた。私は人に幸福をふりまく女なのだと確信したのである。しかし私にはまだ幸福はやってこない。

春のクルージング

春のクルージングにやってきました。

飛鳥Ⅱに乗って、大阪、鳥羽をまわって三泊四日の旅。

なぜこの旅に出たかというと、話を四年前に戻さなくてはならない。シカゴの当時の総領事の方に招かれて、かの地に講演に出かけた私。なぜシカゴに行ったかというと、その更に五年前、ニューヨークの講演会でその方に大層お世話になったからである。

当時シカゴは、大注目の街であった。というのも、オバマ大統領が誕生して、彼の地元だったからだ。シカゴ大学とか、いろんなところを見てまわり、この時、私をア

テンドしてくれたのが日本郵船のT氏であった。

ものすごいハンサムで、端正なジェントルマン。綺麗なクイーンズイングリッシュを喋る。あとでわかったことであるが、このT氏、おしゃれな大人の男性誌によく読者モデルとして登場していたらしい。

そのT氏が今度日本に帰ってきて、このクルーズに誘われた。

「船の中で講演をしてくれませんか」

ということで、この船に乗り込んだのだ。

こういう豪華客船でクルージングしたのは初めてではない。そう、私の運命を変えた二十年前のタイ、シンガポールのクルージング。

あの時、私はおつき合いしている男性がいたが、ほとんど進展しない。そこに突然夫が現れたワケ。

私が八日間のクルージングに出かけると言ったら、進展しない方の男は、

「帰ってきたら、電話してくれや（関西の人です）」

と言い、夫は

「帰ってくる日いつ？　迎えに行ってあげるよ」

と優しかった。

私は毎日海を見ながら、いろんなことを考えた。今まで好きだった人のことから、これからの人生のこと……。

そうしたらタイのプーケット島沖で、一台のモーターボートが。乗っていた男性が船に向かって手を振る。

「マリーコ、ハロー！」

これは本当の話であるが、そのクルージングに出かける少し前、私は仲間と一緒にタイに遊びに出かけた。そこでタイの大富豪のお坊ちゃまを紹介されたのである。お父さんは元大臣で、お母さんはミス・タイという家柄である。国際的玉の輿を狙う私に、友人が計画してくれたお見合いであった。しかし彼は、一緒に行った女友だち（バツイチ・子持ち）の方にあきらかに魅かれていた様子であった。まあ、お見合いは失敗したのであるが、友人は、

「マリコが、もうじき客船に乗ってプーケットに行くよ。迎えに行ってあげて」

と連絡してくれたらしい。それで子分と共に駆けつけてくれた。

「マリーコ」

と手を振るモーターボートの男に、みんなはびっくり。私は大得意で、

「やーねー、こんなところまで来ちゃってぇー。ホントに私って、港々に男アリだか

ら」

とデッキで手を振ったのを憶えている。

さて、今回の飛鳥IIのクルージングであるが、国内こそのゆったりとした楽しい旅である。

桜をイメージしたスイーツを食べた後は、船室のベッドでお昼寝。その後は、ネイルとペディキュアに出かけた。東京だと忙しくてこのところご無沙汰しているので、さっそく予約したわけである。船の中のサロンだから小さいところだろうと行ってみたら、AVEDAが入っている。エステのための個室やサウナもちゃんとあった。

ネイルをしてくれた若い女性に聞いたところ、今回は短い国内旅行であるが、世界一周の旅行にも出かけるそうだ。世界一周は三ヶ月かかるそうだ。若い時にスタッフとして、こういう船に乗るのって楽しそうだ。仕事でいろんなところに行ける。

それにしてもクルージングというのは、海風のせいであろうか、やたらお腹が空く。そして船の中では、ほぼ二十四時間、食べ物がタダで供されている。ダイエットには、かなりの試練である。

が、私には強力な味方が。そお、かのT氏が、私に影のように寄り添ってくれているのだ。

世界で活躍する船舶会社の人って、みんなこんなに素敵なのだろうか。船長はじめ背が高くてハンサム。中でもT氏のカッコよさはひときわ目立つ。質のよさそうなスーツをビシッと着て、外国が長いから身のこなしもきまっている。

「ハヤシさん、あの方はどなた」

乗り合わせたお客さんから問われ、

「主人ですの。オッホホホ……」

と思わず嘘をついてしまった私。いけない。二十年前のことを忘れたのか。シンガポールで飛行機に乗り換えた私を、成田まで迎えに来てくれた夫。今はガミガミとイヤなオヤジになったが、あの時は確かに「この人」と結論を下したのではなかったか。

久しぶりに海に出て、いろいろ反省した私である。

〃先生〃より〃奥さま〃

マガジンハウスは、歌舞伎座の裏にある。

そお、今話題の歌舞伎座だ。

三年かかって新しい建物が出来、世間は大騒ぎしている。昔の歌舞伎座のよさは残して、最新の設備をほどこしたのだ。

この設計をしたのが、昔からの友人クマさんである。今度NHKの新番組で、クマさんと対談することになった。

よって誰よりも早く、歌舞伎座を見なくてはならない。

幸いなことに、四月二日のオープンに先だって、三月二十七日の開場式に呼ばれた。そお、テレビでも流れたと思うが、歌舞伎俳優が、ずらーっと舞台に並ぶさまは壮観であった。

ロビイもものすごく華やかで、着物姿の女性や、政財界の人たちでいっぱいだ。が、目をひくのは、やはり歌舞伎俳優の奥さまたちであろう。着物の似合い方もハンパではない。本当にキレイ！　藤十郎夫人の扇千景さんが貫禄であたりを圧倒していたかと思うと、新婚の菊之助夫人がしとやかに立っている風情が、なんとも初々しく可愛かった。

ところで開場式の後、私は密着取材を受けることになった。

「ハヤシさんが出版社で打ち合わせをしてるところを撮らせてください」

ということで、今度出る『美女入門』PART11の、タイトルを決める打ち合わせに同行してもらうことになった。

テレビクルーの人たちにカメラを向けられながら歩くってかなり恥ずかしい。歌舞伎座からマガジンハウスまでは百メートルぐらいの距離であったが……。

そして受付の女性に、

「ハヤシと申しますが、テツオさんお願いします」

と言ったところ、

「ハヤシマリコ先生がお見えですが……」

と電話するではないか。この会社とは長いつき合いであるが「先生」と呼ばれたのは初めてである。

そしてテツオ登場。スーツを着て眼鏡をかけている。すごくおじさんっぽい。

「花粉症がひどくて、眼を開いてられねえんだよ」

ということであった。が、テレビカメラがまわっているので二人ともやや緊張して会話がぎこちない。いつも使わせてもらっている会議室に行くと、お茶の用意がしてあった。私はふざけて、

「まっ、お番茶じゃないの。コーヒーとってよ。サンドウィッチもさ」

と言ったのであるが、テツオはいつものように憎まれ口をたたかず、神妙に、

「はい、わかりました。すぐにサンドウィッチおとりします」

なんて言うではないか。おまけに担当編集のハラダさんまで、いろいろお菓子を用意してくれ、

「先生、この豆源と空也の和菓子でよろしいですか」

だと。断っておくが、ふだんは絶対に「先生」なんて言わない二人なのだ。

おまけにちょうど会議室の隣りにいらしたマガジンハウスの社長と、最高顧問のお二人まで挨拶に来てくださった。

「いつもお世話になっています」

とおっしゃって恐縮。これまた初めてのことである。

しかもそこへアンアン編集長が登場。紙袋を持ってきた。

「これ、よかったら使ってくださいね」

と置いていった。

そこへコーヒーの出前が到着。

「先生、よろしいですか」

とテツオが注いでくれる。これっていったい何なのよ。みんなで私を持ち上げるお芝居をしてるみたい。私はテレビの女性ディレクターに向かって叫んだ。

「今、この場面を見ている限り、私がものすごくエバって、コーヒーやお菓子を用意させて、社長は挨拶に来るわ、貢物は届くわ、ものすごーく、イヤな女じゃないですか。あの、この紙袋、中身は化粧品ですからね。化粧品会社から送られてくる試供品ですよ。もらうと私がすごく喜ぶので、よく編集長がくれるけど、試供品！　別に私のために買ってくれたもんじゃありませんからねッ」

そうしたらテツオが、

「その言い方はねえだろ。ヒトからモノをもらうのによ。そんなに試供品って強調するんじゃねえよ」

といつもの調子が出たのである。

が、きっとこのあたりは消されるのではないだろうか。

五月十一日の放映です。ぜひみなさん見てください。

そして三月二十八日は、古式ゆかしい手打式であった。雨の二十七日よりもずっとたくさんの着物姿の女性がいた。今の日本でこれだけ着物姿の女性がいるのは珍しいのではないだろうか。しかもみなさんものすごくいいおべべである。

が、ロビイでさん然と輝く美しい人がいる。富司純子さんである。梨園の奥さまでありそして大女優。フォアカードが二つ揃ったようなものである。美女の中の美女。

誰もが羨むオーラに包まれていたのである。

先生なんて呼ばれるより、私はこっちの「奥さま」になりたかった。

お似合いを求めて

花柄パンツはく自信ありますか
私はありません・・・

私のクローゼット、チョロランマに、ムシが発生したことは既にお話ししたと思う。

あの時、防虫剤を買ってきて、クローゼットの引き出しに入れた。棚のところに置いた。しかし先日、白いニットを羽織った私は、ギャーッと大声をあげていた。ところどころ虫クイの穴が開いているではないか。しかも一回しか着たことのないエルメス！　どうやらムシは、チョロランマの中の棚に発生しているらしい。私はドラッグストアに走り、防虫剤を五千円近く買ってきた。置きタイプも三つ。シールをはがして使うかなり大きなやつだ。

それを回転ラックの上、棚の上に置き、しばらくしてから中に入ったらにおいがすごい。あまりのにおいのきつさに、パッと中に入り、めあてのものを手にしたらすぐ外に出るようにした。

ところでわが家でチョロランマはひとつだけではない。ミニチョロランマは、もう三つ存在しているのである。バスルームの横のクローゼットや、私の仕事場のクローゼットとか三つあるわけ。防虫剤を入れるついでに整理したら、本当にいっぱい着るものが出てきた……。タグがついたまま忘れてたのだ。

私は聞きたい。おしゃれな人とか、コーディネイト上手と言われるには、いったいどうしたらいいのでしょうか。私はこのトシになってもうまくいかない。いつも同じものばっかり着ている。お洋服はいっぱい持っているが、なんか同じパターンばっか……。私は送られてくるファッション誌も、すみからすみまで見る。「着まわし特集」も研究する。が、なんかサエない。体型が悪いせいかしら。しかし、体型がイマイチでも、おしゃれな人はいっぱいいる。スタイリストのA子さんもその一人だ。背も高くないし〝小太り〟という感じであるが、いつ会ってもカッコいい。このあいだはバーバリートレンチの下に、流行の花柄パンツをはいていて驚いた。こういうのは、背の高い、スタイルのいい人しかはけないと思っていたからだ。

「あら、ハヤシさんだって大丈夫よ」

彼女は言った。

「大人はこういうトレンドアイテムをひとつだけ入れて、あとはシンプルにまとめればいいの」

この言葉におされて、花柄に挑戦しようかなあと思ったが、他の人の意見も聞くことにした。アンアンの女性編集者（三十代）は、

「私も今年（二〇一三年）、花柄パンツはきません」

ときっぱり。

「やっぱりすごくむずかしいですよ。若い人はみんなはいてるけど」

そうだよなァ。思えばいくら流行っていても諦めたものはいくらでもある。サルエルパンツなんか最初から関心なし。

しかし昨年の冬、私は米倉涼子さんに憧れ、ドルガバのミンクの帽子を買った。お店で見た時はすごく可愛かったのに、家でかぶってみたらロシアのヘンなおばさんになってしまった。しかも昨年の冬はすごく暖かかった。

そんな失敗を何度繰り返してきたことであろうか。が、私は思うこともある。おしゃれには学習能力がなくてもいいのではなかろうか。ムダとわかっていても着たいものはこの世にいくらでもある。

ついに私はショップで花柄パンツを試着した。このところダイエットが続いて中デブをキープしている私。お洋服もそう困ることはない。しかし下腹に肉がこびりついたままであった。パンツ類は全滅……。ひとサイズ上を試してもファスナーが上がらない。花柄は途中から諦め、ふつうのパンツにしたが、それでもどれも入らなかった。そしてやっと心が決まりましたよ。

「やっぱり私と花柄パンツとは縁がなかったんだワ……」

ところで全然話は変わるようであるが、武井咲ちゃんといえば、今や若手の中でも一、二を争う超人気女優だ。若いのに気品ある美貌でスタイルもバツグンである。彼女は最近グッチのイメージキャラクターといおうか、専属契約を結んだ。日本では初めてのことらしい。そんなわけでグッチの新作を次々と着ている。が、全く似合っていない。若過ぎるのだ。「週刊朝日」のドン小西さんのファッションチェックでも酷評されていた。だけどすごく嬉しい。

こんだけ美人で、顔も小さい女優さんでも似合わない服があるというのは、なんかいい話だと思いませんか？

そしてまた別の話になるが、ついこのあいだ友だちのバースデーパーティーに呼ばれた。そこに来たのがいつものアラフォーのメンバー。元女子アナが二人、元ＣＡでプロ野球選手の夫人、それから宝塚の元トップが二人……。みんなキレイなんてもんじゃない。私の目から見ると全員すんごい美人なのだ。いきつけのレストランで、オーナーと仲よく話しながらキャッキャッキャッしている様子は、まるでバブルの時のようでうっとりしてしまう。そして私はあることを発見した。

「美人に季節なし」

三月のまだ寒い日だったのに、ほとんどがノースリーブの薄物を着ていたのである。ぜい肉のない腕を持っていれば、こういうドレスが似合うことを知っているからだ。自分の魅力と似合うものがぴったり重なるのは、なんという幸せであろうか。おしゃれって本当に深いものだと、防虫剤レベルの私はつくづく思うのである。

炭水化物で厄払い？

　このエッセイを読んでくださっている方なら、私は毎年、江原啓之さんと初詣でに行っていることをご存知のはず。

　今年（二〇一三年）もそろそろ……と思っているうち、カレンダーは二月になり、三月となっていく。江原さんは超忙しい方だし、今年は無理かしらと諦めていたら、

「四月に僕のセミナーハウスに来て」

という有難いお言葉。江原さんは最近、熱海にとても素敵な、会員さんのためのセミナーハウスをつくったのだ。

　いつものようにホリキさんがいろいろ計画してくれた。

「朝の七時半にロケバスで迎えに行くね。そしてお昼は、熱海でステーキ食べようね」

ところで、江原さんとの初詣でに同行して、一緒にお祓いをしてもらうというのはその時の担当編集者の特権である。次の年に結婚したり、妊娠したりする人は何人もいる。

「もしかするとボクも結婚出来るかも」

とウキウキしているのは、このページの担当者、独り身ハッチことハチスカ青年である。彼はものすごく楽しみにしていて、遠足のようにいろいろ準備してくれている。

「ハヤシさん、いなり寿司好きですか」

突然聞かれた。実は大好き。六本木の「おつな寿司」なんか目がないのであるが、ここんとこずっと炭水化物をセーブしている私である。

「ま、あったら食べてもいいけど」

ぐらいに答えておいた。そうしたらハッチが朝ご飯に持ってきてくれたのは、桐の箱に入った自由が丘の「和家」のおいなりさん。小さいのでいっきに六個食べた。その他にも、麻布十番の「豆源」のおとぼけ豆、入手困難の「高尾ポテト」のスイートポテトとか、私の好物がいっぱいじゃん!

ロケバスの中で、ずうっと口を動かしてましたよ。もう仕方ない。

やがてバスは、熱海のとあるところに到着した。ものすごく立派な冠木門があり、そこに白い神官の格好をした江原さんと秘書の方が迎えてくださる。

広い敷地には川が流れていて、小さな滝もあった。そして戦前からの古い日本家屋に神棚があり、ここで私たちに、江原さんは自らお祓いをしてくださった。

恐縮する私たちに、

「いやー、〇〇神社のリベンジをしなきゃ、とずっと思ってて」

そお、七年前に行った某神社。最近パワースポットとして人気であるが、あそこに行った時、

「祝詞がデタラメ。國學院でもう一回勉強した方がいい」

と、いつもは温厚な江原さんがすごく怒っていらした。巫女さんの踊りもひどいそうだ。ホリキさんなんか、ン万円出してやってもらったお祓いの名前が、違っていたではないか。

「あの時はいいことが何もなかったワ、ハヤシさんも道ばたでひったくりに遭うし……」

そう、そんなこともありましたね。

「あの時は皆に本当に申しわけないと思って。○○神社は僕が推薦したのに」

ということで、このセミナーハウスにご招待になったらしいのだ。本当に義理がたい。

ところでそのセミナーハウスも素晴らしかったが、私の心にはるかに衝撃を与えたことがあった。

江原さんがすっかり痩せて、顔もきゅっと小さくなり、アイドル系の顔になっているではないか。

「ハハ、二十キロも痩せちゃった」

なんでもパーソナルトレーナーについて、食べ物から運動まですべて指導してもらったそうだ。さっそく私もそのトレーナーを紹介してもらうことにした。

「だけど食べ物はきついですよ。ご飯や麺類はいっさい食べられないし」

そんなことといつもやってるから大丈夫、と私は答えた。

ところがその次の日、京都で雑誌撮影中の私に、一本の電話が。秘書のハタケヤマからであった。

「ハヤシさん、春の暴風雨で、明日の飛行機とびそうもないんです。ですから今日中に香川に入ってほしいそうです」

その日京都から東京に戻り、次の日、九時の飛行機で香川に行くことになっていた。講演なんて月に一度ぐらいしかしないのに、どうしてこんなことになってしまうのか……。

仕方なく私は京都から岡山へ行き、そこからマリンライナーで香川に向かうことにした。下着と最小限の化粧品は、コンビニで買うことにするワ、ともらしたら、京都のヘアメイクさんが、ファンデーションと小分けにしたお粉をくれた。本当にありがとうございました。

京都駅で「いづう」の鯖寿司を買う私。緊急事態だから、元気をつけなきゃね。

夜の九時、高松駅に迎えにきてくださった女性は言った。

「ハヤシさん、うどんがお好きなんですよね。夜中までやってるおいしいうどん屋さん、お連れします」

かまゆでうどんと天ぷらも食べた。次の日の昼食は、きつねうどんと巻き寿司であった。

「あの……香川って炭水化物多いですね」

「ええ、糖尿病になる人多いですよ」

なにげに言われた。

こんなはずじゃ……

その日は私にとって、特別の日であった。

毎年四月、桃の花が満開になると、親しい編集者たちと私の故郷山梨へ向かう。バスを仕立てて四十人ほどで、桃の産地・一宮へ行くのだ。そして桃の木の下で大宴会が始まる。バーベキューをして、ほうとうを食べるのだ。

お世辞半分にしても、みんなこの桃見の会をとても喜んでくれる。

「一年に一度、この日がくるのが本当に楽しみなんです」

と言ってくれるので、私も張り切ってあれこれ計画するのである。

しかし今年（二〇一三年）の春は異常であった。二週間も早く桜が咲いたのだ。桃

だってものすごく早い。

私は山梨に帰るたびに、心配で胸がキリキリと痛んだ。なぜなら桃見の会は、いつものように四月中旬、十二日と決めたのだ。幹事の人がバスも頼んでくれている。それなのに三月に入り、山梨に帰るたび、桃の花はどんどん開いていく。タクシーの運転手さんが、

「今日が満開じゃん。今日が見頃ずら」

と言った時は、もうその場に倒れそうになった。三月が終わりの頃である。

そしていよいよ四月十二日となった。その前日、嫌な予感の第一報が。某書店のカリスマ店員さんから、行けなくなったと電話が入ったのである。

この書店員さんは、珍しく私のファンである。この頃の書店員さんは、若い作家ばっか大切にするが、この方は、

「ボクは、林真理子の日本一のファン店員です」

などとありがたいことを言ってくれるではないか。しかも、

「ボクが彼女と別れたのは、ハヤシさんが原因です。彼女がハヤシさんの本も読んだことがないくせに、ワルクチを言ったから、ボクはカッとなったんです」

と聞いた時は、思わず涙がこぼれそうになった。そして彼に、

「私がもうちょっと若かったら、きっとお礼にカラダを差し上げたワ」

と言ったところ、彼は元気よく、

「そんなの結構です。カラダよりも、ボクはハヤシさんの桃見の会に行きたいんです」

と言うではないか。

「ハヤシさんのエッセイを読んでると、すごく楽しそうで、一度ボクも参加したいなァと思ってるんですよ」

ということで、私はどうぞいらしてください、とご招待したのである。それなのに、「その日は村上春樹さんの新刊が出るので、店に詰めてなきゃならないんです」

だと。

「ハルキ先生と私と、どっちが大切なのかしら」

とむっとしてたら、

「そりゃー、村上春樹でしょ」

と皆にせせら笑われてしまった。わかってるけど、悲しいっす。

しかし桃見の会は、桃の花がない分、皆で盛り上がって大宴会は三時間にわたった。ビールを飲み、ワインも飲み、日本酒もどっちゃり……。皆さんもご存知のとおり、日盛りの下で飲むとかなり酔ってしまうものなんですね。

そして帰りのバスの中で私は爆睡し、気づいたら、もう降車場所の代々木公園だった。それが四時十五分。私はそのままタクシーで表参道に走った。そこで娘やバイトの女子大生ミサキちゃんと待ち合わせ、皆で浦安のディズニーランドへ。

そお、三十周年記念の特別ご招待日だったのである。夜の七時から十時まで貸し切り状態。特別パレードもある。私はこの日をどれほど楽しみにしていたことであろうか。

そして七時になるのを待ち、園内を走りまわる。いつもは長時間待たされる人気のアトラクションも、今日はすぐに入ることが出来るのだ。

しかし夜のディズニーランド、潮風の冷たいことといったらない。私は次第に気持ち悪くなってきた。

いくら体力を誇る私でも、早朝に起きての山梨行き、その後のディズニーランド遊びはかなりきつかったのである。しかも私はものすごくお酒を飲んでいる……。うっ、かなり気持ち悪い。

そお、イッツ・ア・スモールワールドに行きましょう。ここはディズニーランドでも、いちばん私の好きなところ。

「世界は狭い……ラ、ランランラン……」

と、世界中の格好をした子どもの人形が、歌い踊る。見ているだけで心が洗われるようなところだ。

私はボートに乗った。この美しい光景を見れば、心も洗われ、きっと気分もよくなるだろうと思ったのだ。

「世界は狭い……ラ、ランランラ〜」

無邪気に踊る人形の可愛らしいこと。しかし私は真青。わっ、吐きそう。しかし「イッツ・ア・スモールワールド」の水面に粗相をしたら、さぞかし世間の笑い者になるだろう。一生ディズニーお出入り禁止に違いない。私は出るやいなや必死にトイレに走りました。なんかハランバンジョウな一日でした。

おしゃれ番長と香港へ

おしゃれの実力をアップさせるには、おしゃれな人と旅するのがいちばんいい。ホントにそう。

ズボラな私は、出来るだけ荷物を少なくすることばかり考える。二泊三日なら、スカート、パンツ、ジャケットはそのまま、下着とインナーを変えりゃいいだろ、文句あっかという感じだ。

しかし、ファッション関係者と旅行に行くと、毎日上から下まですべて変える。靴まで変える。

いつものように、私のおしゃれの師匠、ホリキさんと香港に出かけた。かの名門聘

珍樓の、御曹司の結婚披露宴に出席するためだ。

いちばんの目的はそれであるが、やはり私に欠かせないのはショッピング。夏ものをいろいろ見てこようと、ホテルはセントラルのマンダリンにした。ここだと雨が降っても、全く濡れることなくいろいろなアーケードに行けるのだ。

しかしここで大問題が。アベノミクスとかいうもんのおかげで、円がぐっと安くなっているのである。三割ぐらい。昨年（二〇一二年）の秋に来て買いまくった時は千円で買えたものが、今は千三百円出さなくてはならないのだ。

まずはとあるショップに入り、ブランドに詳しいホリキさんは値札をすばやく見る。東京値段と比べるためだ。

「あら、びっくりだわ……」

そっとささやいた。

「これじゃ、東京の方が安いわよ」

「えー、本当。それじゃ買物しても仕方ないわよねぇ」

買物をしないと決めると、とたんに色あせる香港の街。物欲が消滅したため、食欲に走る私たち。そのままロブションのケーキショップでアフタヌーンティーセットを食べてしまった。

「私、ダイエットのトレーナーについてるのに……」

　とホリキさん。

「私だってそうだよ。高いお金出して、いろいろアドバイスしてもらったり、サプリ買ってんのに、こんなに食べちゃーね」

　私なんか今日買うつもりで、財布の中に二枚のカードを入れてきた。このあいだ香港に来た時つくった、高級セレクトショップ「ジョイス」のカード、そして激安ショップ「ツイスト」の会員カードだ。これを出すだけで割引きになる。しかし東京より高いなら、わざわざ買うこともないかも……。

が、アーケードを見ているうちに、やはりどうしても欲しくなる。ものすごく可愛いニットを売っている店を発見。

「ハヤシさん、今、これがキテるわよ」

　というカルヴェン。

「まだ東京にはたくさん揃ってない」

　ということで、半袖のニットを買った。布の衿《えり》のプリントがエリザベス女王で、ものすごく可愛い。

「そうよ、大物はムリだけど、小物ならいいんじゃないの。今回は小物特集にしましょう」

と、お金がないのをそんな風に言いわけしてシャネルに向かう私たち。開店してすぐというのに、もう短い行列が出来ている。中国本土の人たちだ。しかしこんなことを言うのはまことに失礼ではあるが、WHY？　と首をかしげるような方々もいる。きつくパーマをかけ、ビニールバッグを斜めがけして、パンツというよりズボンをはいたおばさんたち。おしゃれじゃないというよりも、しゃれっ気がまるでない方々である。これでどうしてシャネルなのか……。

「まあ、日本人も昔はあんなもんだったんじゃない」

とホリキさんは言うけれど、もうちょっと気を遣っていたような……。そしてシャネルブティックで、ホリキさんは可愛いTシャツを発見。

「ハヤシさん、お揃いで買おうよ。このTシャツ一枚あると便利よ」

が、私にはもっと心ひかれるものが。紺色のダブルボタンの、可愛いワンピースが私を招くではないか。試着したらものすごく可愛い。ホントに可愛い。しかし値段を見て私は引き下がりました。三年前のハワイで、ジャケットやバッグを買ったのが夢のよう。こんなに出版不況がくるとも、円安がくるとも思わなかったあの時代が懐かしい……。私も日本も未だ不景気に陥っているの……。

が、私の横でバッグとニットをなんなく買っていく若いカップルが。やはり本土の人であった。

彼らが帰った後、おしゃれも得意だけど、英語も得意なホリキさんが店員さんに尋ねる。

「どうしてあんな若い人に買えるの」

「ファミリー！」と店員さんはにこりともせずに答えた。

中国のえらい人の家族なのだ。

「私、このあいだまでホテルのシャネルショップにいたの。五年前まで客の八割は日本人だったわ。でも今は八割は中国本土のお客さんよ」

うーん、昔のことを言われるとつらいです。私もその昔は、ワンピやスーツを買えたんですけどねぇ……。この不況が……。

「だけどこのTシャツ素敵よ。何と組み合わせようかな。レースのスカートにしようっか」

おしゃれ番長は楽しいことしか考えない。そうおしゃれって、前向きに生きることよね。

大事なのはヌケ感

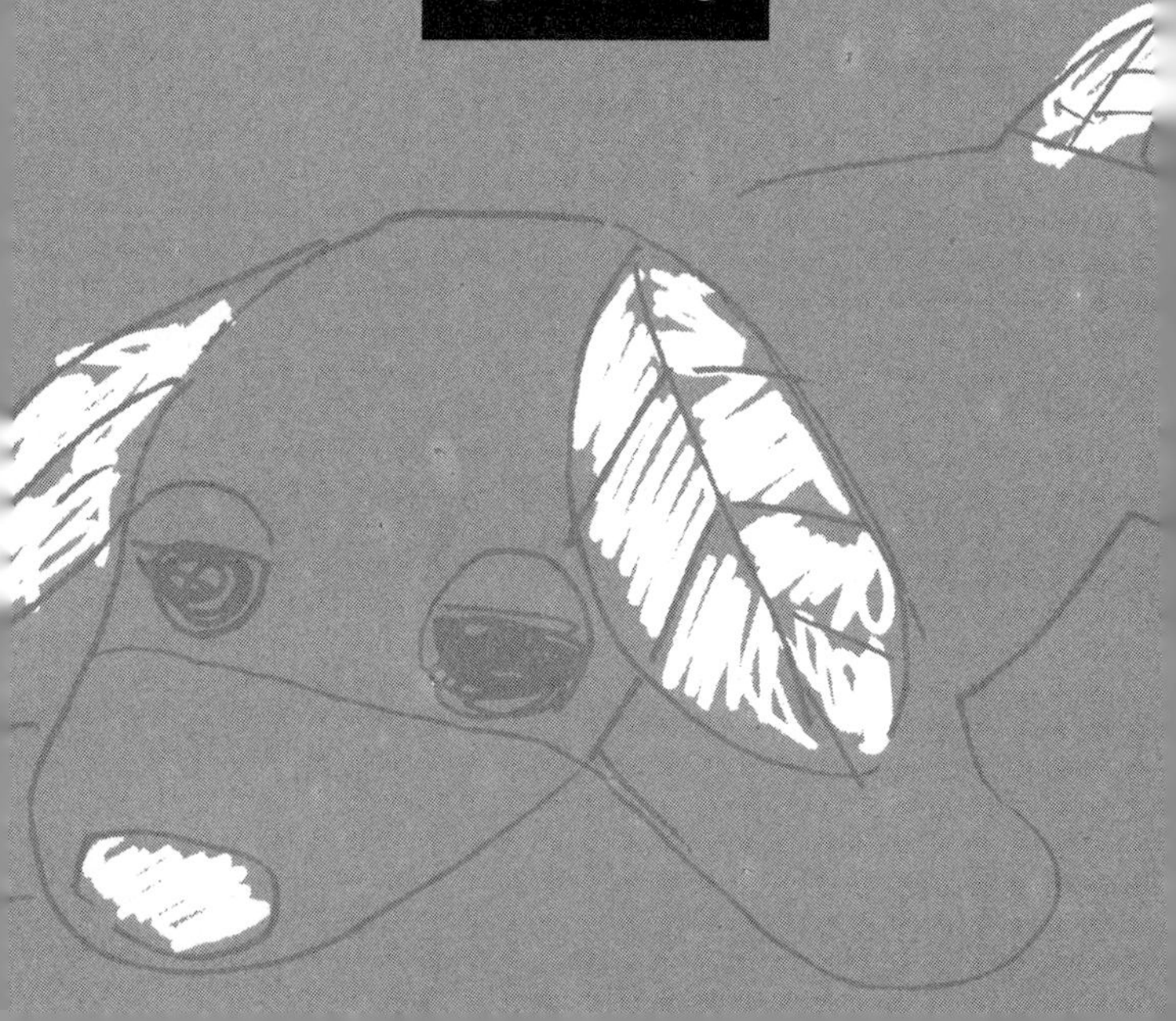

ヤンキー力、恐るべし！

久しぶりに仕事をお願いしようと思い、ヘアメイクのA子さんに電話したところ、意外な返事が。

「もうじき臨月なので、今はお仕事していません」

びっくりした。なぜなら彼女とは六ヶ月前にロケに行ったばかりなのだ。

しかも彼女はいつも私に、

「仕事が楽しくて仕方ないし、当分結婚する気はない」

と、ずっと言っていたのだ。

私は驚いて本人にケイタイをかけた。

「これってどういうことなの」

「実は地元の同級生と急に結婚することになって……」

テツオがしみじみ言う。

「地元で〝出来ちゃった婚〟なんて、あいつやっぱりヤンキーだったんだなァ」

そうかなァ。A子さんは三十代も後半。この年齢だと〝元ヤンキー〟ではなかろうか。

A子さんは美人であった。私が思うに、ヤンキーというのは、かなりの確率で美人なのではなかろうか。いや中高時代から美人なので、男の子がほっとかず自然とヤンキーになる、というのが正しいかもしれない。

女優の誰それ、タレントの何とかちゃんたちがデビューするたび、「地元で有名なヤンキーだった」という噂が必ず立つ。今大人気のタレントの〇〇ちゃんはものすごく可愛い。うちの秘書のハタケヤマと同郷の出身である。彼女いわく、

「うちの方では、あのテのヤンキーがいっぱいいますよ」

ということだ。

連休中に山梨へ帰って何とはなしに、中学生やら高校生が歩いているのを見ていたら、着ているものが微妙に東京と違っている。フリフリヒラヒラものが多いうえに、

ローティーンから厚底を履いている。もちろん東京にもこのテのコがいっぱい歩いているけれども、田舎の子はもっとこなれている感じ、なんといおうか、

「わが道に疑いなし」

という自信に溢れているのである。そしてスーパーの二階に行くと、下着売場が拡張されていて驚いた。しかもすっごいもんばっかり。紫とかピンク、黒で面積がものすごく小さい。まるで風俗の人が着ているみたいだ。これを見ると、

「地方の人は、やっぱり楽しみは、これがいちばんなんだなァ」

とつくづく思う。生殖能力が強いのがヤンキーの特徴である。早婚、同級生婚、親思い、サッカー好き、とその他にもいろいろあるが、ヤンキーのいちばんの特徴といおうか、何よりの証は、やはりスカルが大好きということであろう。

私の仲よしフリーエディターのホリキさんはスカルが大好きで、「わが家の家紋」と言いきっている。しかし田舎のヤンキーには負けるだろう。私の知っている山梨の若いヤンキーは、よちよち歩きの赤ん坊に、いきなりスカルのプリントのベビー服を着せていた。母親に聞いたら、「アカチャンホンポ」で売っているそうだ。

「それでなかったら、フリーマーケットか、インターネットのうんと安いのを買うの」

そうそう、倹約大好き、というのもヤンキーの著しい特徴である。お金がないんだから仕方ない、というよりもセイブマネーを、まるでゲームのように楽しんでいる。

ところで私は大家族もののドキュメント「ビッグダディ」が大好きであった。これが放映される時には、必ず見た。ところが私の知らないうちに、ビッグダディは奥さんと別れて若い女性と結婚したではないか。この二番めの奥さん、美奈子が典型的なヤンキーだ。三十歳前でなんと五人の子持ちであった。最初の子どもは十七歳の時に産んだという。

この美奈子はなかなかの美人で、整った顔立ちをしている。が、貧乏なもんで、ろくな化粧もせず、いつも毛玉だらけのフリースを着ている。彼女を見るたびに私は同情の気持ちでいっぱいになった。

「彼女が東京でちゃんとしていたら、もっとおしゃれしてどんなに綺麗になっただろう」

同じように不びんだと考えていた男の人は多かったようだ。美奈子はビッグダディと最近離婚したのであるが、そのとたん告白本を出した。これがわっとベストセラーになったのだ。この際、美奈子は「フライデー」でセミヌードになった。私は久しぶりにこれを買い、恥ずかしいけどハサミで袋とじを切りました。六人（再婚したビッグダディとの間に一人すぐつくった）産んだ美奈子の体はたくましい。ウエストはないし、お尻も大きい。背中にも肉がたっぷり。しかしものすごく「そそる」体だ。リアリティがあってエロティックなのだ。隣りのページのグラビアモデルは、脚が長く、おっぱいも大きく張り出し、ウエストはバービー人形みたい。しかし所詮はグラビアの中だけの「つくりもの」である。が、美奈子のカラダは本当にエッチっぽい。私は感動した。

「どんなモデルよりも、元ヤンキーのおばちゃんの方がずっと魅力的」なことにだ。きっと美奈子はあと一回ぐらい結婚してあと三人ぐらい産むだろう。ヤンキーが少子化を救う。日本を救う。

究極の美容法を発見!?

みなさん、私が最近出した新書『野心のすすめ』を読んでくださいましたか。

この本がいつになく売れていて、ただ今ベストセラー街道まっしぐらである。みんな帯の写真の迫力に圧倒されたというのだ。

そこには二十代の、小説を書き始めた頃の私が、キッとこちらを睨むように見ている。ある週刊誌の書評によると、

「まるでアスリートのような目」

ということである。本を買ってくれなくてもいいから、ぜひこの本の帯を見てほしい。

ところでこの本が急に売れ出したもので、テレビ出演の依頼が殺到した。それがドキュメンタリー番組が二つに、ニュース番組のコーナーがひとつ、みんな私の日常を密着取材したいと言ってくださったのだ。非常に有難いことであるが、今まではめんどうくさくて密着取材なんて絶対に断っていた。なぜって、どこに行くのもテレビカメラがついてくるというのだ。家の中を撮られるなんて大掃除をしないとまずムリ。動いてるとこを撮られるのもイヤ。しかし編集者は必死だ。

「ハヤシさん、あの番組に出ると本当に本が売れるから、何とかお願いしますよッ」

ということでお引受けしたのであるが、その大変なことといったらなかった。

まずテツオから電話があった。

「あんたさー、このあいだ『ようこそ先輩』に出た時、自分で化粧しただろ」

「山梨で撮影だったから仕方ないじゃん」

「だからあんなにブスに映ってたんだよ。いい？　一瞬でも撮られる時は、ちゃんとヘアメイクつけなきゃダメだよ」

ということでこのところ毎日お願いしている。八日間毎日、三人のヘアメイクの方にローテーションでお願いしているのであるが、これがどんなに大変なことかわかるだろうか。お金もかかるし時間もかかる。サロンに行くんじゃないので、毎日自分で髪を洗って早朝から自宅で待機する。あるいはサロンに行く。本職のタレントさんや女優さんならいざしらず、本当に大変なんですよ。

本業の書く仕事に加えて、対談や打ち合わせが時間刻みであり、しかもその間ずーっとテレビカメラが追っているのである。これが本当に疲れる。家に帰るなり、どさりと寝てしまう。そして仕事がたまる。

そのうえ洋服だって本当に大変。最初のうちは重ならないようにメモしていたのであるが、そのうちに、

「もう同じもの着てたって仕方ないじゃないか」

居直る気持ちが出てきた。もう三年前のものも取り出して着ちゃう。なぜなら三つの番組に密着されていて、その都度違う服を着られるわけないではないか。

もう毎日、着るものとヘアメイクのことを考える日々。とにかくぎっしりとスケジュールが詰まっているので、洋服を買う時間もない。ハタケヤマが言う。

「ハヤシさん、目の下に隈が出来てますよ」

だけど、もちろんエステに行く時間もないのである。

こんなババッチい顔でテレビに出ていいものであろうか、と思うものの、カメラはずっと私を追っているワケ。

そして今日で九日め。カメラに撮られる日は、あと四日間ある。ハタケヤマは言う。

「ハヤシさん、もうどうしたってヘアメイクの時間ないですよ」

「もう仕方ないよ」

ついに判断を下した。

「スタジオで撮られる以外は、もう自分で化粧するよ」

こうやってどんどん手を抜いていくのですね。いいもん、顔で売ってるわけじゃなし、と居直るのはいつものパターン。

ところで「ようこそ先輩」を見ていてつくづくわかったことがある。

「私って、歩き方が本当にヘン」

前から人に言われ続けて、自分でもものすごく意識している。胸を張り、膝を伸ばし、踵《かかと》から着地していくようにしている。歩くたびにウインドウに自分の姿を映して、チェックを入れている。かなり改善されていると思ったのは私だけで、テレビに映っている私は、ネコ背でもそもそ歩くおばさんではないか。

「いっそ歩き方教室に行こうかと思ってるんだ」

と友人に話したところ、こんなことを。

「このあいだ六本木でお茶してたら、ピンク色のコートを着た男の人が歩いてたの。

ものすごく派手なんだけど、ものすごくカッコいいの。そしてよく見たらデューク更家だったわ」

歩き方の名人の方ですね。

「私、あの人の教室に通おうかな」

「ムリよ、確かモンテカルロに住んでるんじゃなかったかしら」

ともかくテレビに出るっていろんなボロがわかる。それを繕おうといろんなことを考える。これをずっと続けると美人になれるかも。まっ、私には到底ムリですけど。

ちょっと、ジャーマネ！

『野心のすすめ』という本がいつになく売れているもので、このところテレビに出演する機会がぐっと増えた。

こういう時、本当に困ってしまいますね。最近は作家といっても、テレビによく出ている人は、プロダクションに入っていて、付き人やマネージャーさんがついてくる。しかし、私にそんな人がいるわけはない。

うちのただ一人の従業員、秘書のハタケヤマはプライベートにきっちりしていて、自分の仕事が終わるとすぐに帰るし、事務所から出ることは全くない。二十二年間勤めて、一緒に夕ごはんを食べたことが一度もないぐらいだ。おまけに外に出る仕事は、いっさいしないことをポリシーとしている。したがってサイン会や講演会はすべて一人で行っている。

もちろんこれは私の方針でもあるのだが、テレビ局となると話は別。やはりああいうところはアウェイなので一人ではとても心細い。よって隣りの奥さんに一緒に行ってもらうこともある。

が、本のパブリシティのための出演なら、当然のことながら担当編集者がついてきてくれる。とても心強い。ただ一人の味方、という感じで、楽屋でもらったお弁当を共に食べたりするワケ。

写真集の時はテツオがいつもついてきてくれた。そして今回『野心のすすめ』は、担当者のA子さんが一緒だ。彼女は桜蔭、東大経済学部卒という大クレバーガール。四十歳であるが未だ独身なのは、頭がよすぎるのと、あまりにも面白過ぎるせいかもしれない。実はちょっぴり酒乱なのだ。

以前私たち二人は花見に行き、そのままの流れで大切な文学賞の授賞式に出かけたことがある。ロレツがまわらなくなり、お酒のにおいをぷんぷんさせていた私は、大ひんしゅくをかったのであるが、それよりももっとひどいのはA子さん。ヒールの靴を脱いで、裸足で帝国ホテルの宴会場を歩きまわっていたのである。

あの時から私たち二人は、業界の要注意人物となってしまった……。が、ふだんのA子さんはものすごくおしゃれで可愛い。高学歴にもかかわらずピュアな女性だ。

「ハヤシさん、私、本当に結婚したいんです。ネコを相手の人生ってもうイヤ」

ということで、何人もの男性を紹介してきた。しかし今のところまだ成果はない。ところでA子さんと私とは、ツルんでいつもお酒を飲んでいたのであるが、八年近く一度も仕事をしたことがなかった。

「そろそろ、ハヤシさんの本を出したい」

ということで、出来上がったのが『野心のすすめ』だったのである。

この本はとても反響があり、テレビやラジオのオファーもいっぱい来た。そしてこういう時、A子さんがつき添ってくれるようになった。性格のいい彼女は、打ち合わせをしている間に、番組の女性プロデューサーと仲よくなり、一緒に飲みに行く約束をとりつける。

先日は二人でTBSの「金スマ」の収録に出かけた。そう、あの人気番組である。

「私はもう、ハヤシさんのジャーマネっすからね」

なんて言って私のハンドバッグを持ってくれる。ジャーマネというのは、マネージャーの業界用語らしい。

さて「金スマ」は、マリコの一代記を再現フィルムで構成してくれていた。これがとても感動的なのだ。

山梨のど田舎に生まれた少女が、いじめにあいながらも東京をめざすシーンでは、本人も感動してしまいましたよ。目がウルウル……。しかし鼻もウルウルしてきた。実は春の花粉症以来、すぐに鼻水が出てくるようになったのだ。

「A子さん、ハンカチ、ハンカチ……」

私は必死に目で彼女を探したのであるが、A子さんはスタジオの片隅で、モニターに見入っていて、全くこちらに気づいてくれない。

CMが入る時にでもハンカチをもらおうとしたのであるが、あの番組は全く切らずにやるんですね。

私は焦った。

「鼻水が出るー、手でこすってるけど何とかしてー」

それなのにジャーマネA子さんたら最後までハンカチを届けてくれなかった。

「いやあ、よかったですね。マリコ一代記。私、目がウルウルして見入っちゃいました」

ジャーマネならこっちを見てほしかったとやや私はぷりぷり。ところでA子さん、こっそり私に言う。

「金スマの日、今、いちばん気になる男の人を誘って、私の部屋で番組を見ようって言ってるんです。私、その夜勝負かけます」

そうか、私の人生がA子さんの人生を変えようとしてるのね。ジャーマネだもん、一心同体よねッ。

夏の小物問題

いよいよ夏が近づいてきた。

スタイルのいい人と悪い人との差が、くっきり出る季節。イヤですね……。

ファッション誌をめくると、モデルさんがTシャツに、ロールアップしたデニム、サンダルという格好で出てくる。それだけでため息が出るくらいステキ……。

「ナニが着こなし術じゃい」

私はカットサロンの鏡の前で毒づく。

「こんなに脚長かったら、モンペだって何だって似合ってカッコいいじゃん」

そしてこのコーディネイトに欠かせないのがサングラス。これがあるのとないのとでは大違いだ。

実はこのわたくし、サングラスが大好き。幾つも持っている。いろんなブランドのものを毎年買っているほどだ。しかし似合わない。

サングラスが似合う人というのは、

①背が高い

②骨格がしっかりとしていて、鼻が高い

③顎がシャープ

④顔が小さい

と、私は①以外あてはまらない。が、こうしたことよりも、もっと大きな条件があり、それは、

⑤びくびくしない

ということであろう。

私はこれも失格である。外を歩いている時はかけているが、地下鉄に乗ったり室内に入るとはずしてしまう。ずっとかけたままでいると、

「芸能人の真似をしてバッカみたい」

と言われるのではないかと怖れてしまうのである。それから、複数でかけるのもハ

ズカシイ。たとえばサングラスをかけ待ち合わせの場所に行く。すると友人がサングラスをかけてこちらにやってくる。するとやっぱりダメ。はずしてしまう。いわゆるサングラスジャンケン。たいてい負けてしまう私です。

そうそう、サングラスに負けずおとらず、大切な夏のアイテムはカゴ。そお、カゴがなきゃはじまらない。

よく夏に汗かきながら、大きな革のブランドバッグを持ち歩いている人がいるが、あれはかなり暑苦しいもの。私は夏になると、肌にべったりとつく革のバッグを持つのがイヤになってしまう。よってカゴ。

私の夏によく登場するのは、エルメスのやつ。何年か前の誕生日にもらったものであるが、とても気に入っている。さりげないんだけどいろんなところが凝っていて素材がいい。さすがはエルメスだ。

そしてこのあいだのこと、バッグの棚を整理していたら、しなびたやわらかいカゴが出てきた。十数年前に買ったダナ・キャランではないか。当時カゴとはいえない値段であった。あまりにも古いものなので捨てようとして拡げたら、息を吹き返した。

今年（二〇一三年）の型のカゴではないか。

そして今年はニューフェイスが登場。友人のおしゃれ番長が、

「絶対に買いなよ」

と展示会にあったのを買っといてくれたのである。カゴにピンクのリボンが貼られているのであるが、そのリボンがクロコなのである。いわゆる「大人かわいい」。そうでなくても、カゴを持って歩くのってすごく楽しい。持つだけでハツラツとした気持ちになる。

ところで私は電車の中や街で、よくサングラスをかけた女の人を観察する。私のようにはずさなかった女性だ。そして今さらながらあることに気づいた。

「顔がいけてない人は、サングラスをしていない」

鼻が低かったり、顎が出たりそったりしている人は、みんなサングラスをしていない。電車の中で堂々としている人は、みんな自分に自信があるように見える。サングラスなんて、もう一般的などうっていうことないアイテムじゃん、というのはカンタン。だけど、やはり女の自意識やうぬぼれと微妙にからんでる非常に扱いにくいアイテムだ。

そこへいくとカゴは、何にも考えずにいられるからこんなにスキなんだと思う。ピンククロコもうじきデビューさせます。

さてそしてサングラス、カゴときたら今度は帽子ですね。私はずっとずっとパナマというのに憧れていた。そう、男の人が小粋にひょいとかぶるアレである。

が、私はデカ顔のうえに後頭部が張っている。頭がいい証拠と慰めてくれる人がいるが、実態はこのていたらくであるから、あたっていない。

そんなわけで帽子はまず入りません。が、かぶってみたくなるのが帽子というもの。ゆえに人がいない時を見はからっていつも試着する。しかし入ったためしがない。このあいだは有名スポーツ用品店に入ったところ、売場は広くしかも人気《ひとけ》がない。私は女ものから男ものまで、いろんなものをかぶった。しかし、ない、ない、入るもんがない。

ゆえに私はいつも、麦わらのイケてないおばさん帽子をかぶる。これにどんなサングラスとカゴを組み合わせてもしれたもんです。

バーキンのゆくえは⁉

久しぶりにパリに行ってきた。小説の取材と称して、毎食二ツ星、三ツ星のレストランを食べ歩き、しっかりデブになった私。が、おわりの方で大切なことを思い出した。

「私、まだお買物してないじゃん。まるっきり」

「だけどハヤシさん、円もこんなに安くなったことだし、もう買物はいっさいしないって言ってましたよ」

と編集者。そう二月まで九十九円ぐらいだったユーロが、六月の今は百三十円になっているのだ。私は過去のつらい経験を思い出す。あれは四年前であったろうか。仕事でパリに出かけた。その時、円はもっと安くて、確か百七十円近かったと記憶している。私はセコく、お茶代も現地の人に払ってもらったぐらいだ。それなのに若いコーディネイターの女性の、

「ハヤシさん、シャネル行きましょう。私、ハヤシさんの伝説の買いっぷりをこの目で見てみたいんです」

とかいう言葉につい、うかうかとのって、シャネルブティックに出かけた。そしてニットとアクセを買ったのであるが、あとで日本円に換算して腹が立ったの何のって……。

あの記憶があるので今回も行かないつもり。だけど、サントノーレにあるエルメス本店には顔を出したいなァ。ここで何個もバッグをオーダーしたりしたのも今では遠い日のこと。今では顔なじみの日本人店員さんも定年でいなくなったり、中国人にとって代わられていると聞く……。

ところが一人いたんですね。昔からめんどうをみてもらっていた方が。

「ハヤシさん、お久しぶり！」

私たちは面会を喜び合った。そしてさっそく、こちらへ、と階段を上がりかけた時、私は見てしまった。インドネシア人とおぼしき中年女性が、黒のクロコのバーキンを

お買い上げになるのを。

「この頃は中国の方よりも、むしろインドネシアやシンガポールのお客さまが多いです」

彼女が言うには、昔からバーキンのつくる数というのは限られている。職人さんも同じ数だから、いくら売れるといっても数が増えることはない。ところが昨今、アジアの国々がものすごく力をつけてきた。中国はもちろん、インドネシア、シンガポール、インドにお金持ちが増えて、その奥さんや愛人らが、みんな目の色変えてバーキンを欲しがる。つまり世界の争奪戦がもっと激しくなったということである。

私はご存知のとおり、人にも気前よくあげるし、バーキンをチャリティバザーに何回も出してきた。私としては、

「もうそろそろバーキンはいいかも。それより流行のバッグ持った方が私らしいかも」

という気持ちになってきていたのであるが、そういう話を聞き、インドネシアのおばさんを見たら、むくむくその気になってきた。

「私もクロコのバーキンくださいッ！」

そして特別に奥から出してきてもらったそのクロコは、ものすごいお値段であった。

さすがの私もビビりましたよ。それなのに例によってパリのコーディネイター（別の女性）や編集者が、

「ハヤシさん、『野心のすすめ』の印税でこれ、買いましょう。野心クロコですよ」

とか皆でおだてるので、つい買ってしまった……。

しかしあまりにも高額のため、カードはロックされ国際電話をかけたり、成田の税関で、

「バッグ一個がどうしてこの値段なのか」

などと問われたりしてさんざんなめにあった。税金もものすごく払ったワ。

そして冷静になって考えてみると、

「いったいこれ、どうやって払えばいいのか」

とやっとあたり前のことにいきついた。こんな金額は私の口座にはないのである。印税が入ってくるのはずっと先で、しかもそれからいろいろ経費を使わなくてはならない。

「ハヤシさん、こんな高いもの、いったいどう払うつもりですか」

秘書のハタケヤマにもさんざん言われ、私はすっかり落ち込んでしまった。

が、その時ひらめくものが。

「そうだ、〝××××や〟に行こう」

スーパーの前のマンションの窓に、電光の看板が出ていた。

「金、切手、宝石、ブランド品、高価買入れします」

そうだ、あそこに行こう。友だちも言ってたっけ。いらなくなったハンドバッグを大量に持ち込んだら、びっくりするようなお金をキャッシュでくれたって。

しかし私がいつもブロウしてもらっている地元の美容院のおニイちゃんは言う。

「ハヤシさんが行くのまずいよ。大量にバッグを持って〝××××や〟に入ってるところを人に見られるのはまずいよ」

そうかぁ……。ということで秘書のハタケヤマに行かせようとしたところ、

「私なんかが行くとナメられます。盗品に間違えられますよ」

と行きたくないもんだから、ぐすぐす言いわけする。

「そんならいいわよ。私が行くわよ」

そして棚から五個のバッグを取り出し、大きな袋に詰めた。

頼むよ、おニイちゃん！

バーキンの購入費に役立てるため、古いバーキンを持ち、駅前の〝××××や〟にやってきた私。小さなマンションの階段を上がり、二階のドアを開ける。窓の電光板に反して、とても地味な空間であった。わびしさを湛えるのは、あたりに響くトイレを流す音だ。

「すみませーん、今、トイレに入ってんで」

私のチャイムの音に反応して、奥から声がした。

そして現れたのは、三十がらみの男性。はっきり言ってブランド品なんかとは縁がなさそうな感じに見える。

「すみません、バッグ売りたいんですけど」

「えー、こんなにたくさんですか」

どさどさと出す。ものすごく古いバーキン二つと、十年ぐらい前に買ってほとんど使っていないミニバーキン。そして未使用のシャネルのパーティーバッグ。もひとつクロエ。

「これ、もう不用になったんでお願いします」

もちろん未練はある。おしゃれな友人は私に言ったものだ。

「バーキンとシャネルだけは、人にあげたり売ったりしちゃダメよ」

ということで、私は今まで古いバーキンをとっておいたし、シャネルの洋服なんかも人にあげなかった。

しかし今、やっちゃおうじゃないの。あの断捨離を。新しく買ったバーキンの足しに、長いこと棚の面積をとっていたバーキン、ここいらで整理しましょう。しかし、目の前のおニイちゃんで大丈夫か、だんだん不安になってくる。

「この店をオープンさせてから、バーキン持ってきたの、お客さんで二人めですよ」

「へー、そうなんですか」

意外かも。この町、近くに高級住宅地を控えているのである。

「そのバーキンは、古くてぼろぼろだったんですよ。こんなにちゃんとしてんのは初めてです。しかも三個も」

おニイちゃんは、わざとらしく虫メガネでバッグの中を点検し始めた。リサイクルショップ初体験の私としては、いろいろもの珍しい。

「これはどこで買ったんですか」

「バーキンはどれもパリの本店。それからシャネルはハワイですね」

彼は目を丸くした。

「オクさんって、お金持ちなんですねぇ……」

あまりにも無邪気な感想に、私はとまどってしまう。

「オクさん、どうしてそんなにしょっちゅうパリに行くんですか」

「好きだから……」

もういいから、早く鑑定してくれー。しかし考えていたとおり、おニイちゃんは力不足であった。

「あの、少し待ってもらっていいですか。バーキンの専門業者に電話しますんで」

「早くしてね」

いつのまにかお金持ちの、尊大なおばちゃん風になっていく私。もしも私のことを知っていたらイヤだなーと思っていたのだが、その心配はないみたい。それならば値段交渉もばんばんやってみようじゃないの。

おニイちゃんは奥へ行き、電話でいろいろやりあっている。

「はい、三十五センチのバーキンでえんじ色……、かなり古いですが……」

途中で戻ってきた彼に、思わず言っちゃいましたよ。だってものすごく時間がかかるんだもん。

「写メして送ったらどう？　その方が早いんじゃない」

「はい、わかってますけど……」

結局一時間近くかかって値段がついた。古いバーキンは一個十万円。ミニバーキンはなんと三十万という高価格。私はかねがね、「バーキンは女の貨幣」であると言ってきた。売っても高値で、その価値はあまり下がらない。贈答にこれほど喜ばれるものもないであろう。

そしてまあまあだったのが、シャネルの未使用バッグ。これが八万円。しかし私は昨年買ったばかりの大きなクロエのバッグも持っていったのであるが、これはなんと一万五千円であった。パイソンをこんなに使ってるし、元はすごおく高かったのに、ウソでしょ！

「だったら持って帰りますよッ」

プリプリする私に、おニイちゃんは言う。

「お客さん、おうちにもっとたくさんバーキンあるんですか」

「あるわよ。もう置き場所困るから整理しにきたのよ」

ウソです。が、言外に、「だからもっと値段上げてくれない？」とにおわせている。

「今度もまた持ってきてくださいね」

「あら、どうしようかしら」

女ってこういう時、すっごく意地悪くなるんですね。

「やっぱり青山のコメ〇とか、銀座の××屋に持ってった方がよかったかもねー。査定も早いしさァ」

「そんなことないっスよ。うちはすごい高値で買い入れてんですよ」

などという会話を交した後、うちに帰ってやはり後悔した。なんかやっぱり口惜しい、リサイクルショップってとこ。

パンツにじぇじぇじぇ！

私はパンツが苦手である。若い頃は、

「日本人にしては、お尻が上にある」

とほめられたことも何度かある（ホントです）。が、今や問題はヒップではなく、前の方に。そお、デブになったため、ファスナーが上がらなくなっていたのである。

であるからして、香港の高級セレクトショップ「ジョイス」で、ジャージーの黒パンツを見つけた時、どれほど嬉しかったことか。ジル・サンダーの高級なやつだから生地もしっかりしている。吸いつくようで脚も長く見える。試着室で後ろ姿を見たが、そう悪くなかったような気もする。さっそくお買い上げ。

先週のこと、岩手に出かけることになった。被災地の現状を見て、あちらでボランティアの協力チームと会う旅である。岩手で一泊する。お達しがあった。

「被災地に行くんだから、動きやすく、華美でない格好で」

そんなこと言われなくてもわかってます。

しかし、パンツ類が全滅している今、いったい何を着ていけばいいのだ。そこで黒パンツを思い出したワケ。

白シャツにグレイのカーディガン。カーディガンはプラダで可愛い。ちゃんと私なりにコーデしたつもりであった。

そして岩手のあちこちを歩き、公衆トイレに入った時だ。とても明るく清潔なトイレには、大きな鏡が設置してあった。

ここで私はしてはいけないことをした。そう、オルフェのように振り向いたのである。

「じぇじぇじぇー！」

思わず出る岩手の叫び声。そこには垂れた巨大なヒップが。おまけにパンツ（下着）の線もくっきり。

私はここでまた大きな教訓を得た。

「試着室にあるのはまやかし。真昼の公衆トイレの鏡にこそ真実がある」

こんなもんを人に見せていたかと思うと本当に恥ずかしい。次の日、私はデニムにはきかえました。デニムっていっても皆さんがはくふつうのデニムじゃありませんよ。そお、今まで持っていたデニムが全滅の危機にあい、私が今愛用しているのは、通販で買ったデニムよ。ストレッチのらくらくデニム。いや、これってジーパンって呼んだ方がいいかも。

白のアンサンブルにこのデニムを合わせ、自分ではかなりイケてるコーデだと思った。しかし私は再び公衆トイレで見てしまったのである。

「じぇじぇじぇー」

ストレッチといえども、デニムはお腹をしめつける。その結果、あまったお肉はどこへいくかというと、浮輪のようにお腹にまとわりつく。そこに白い薄手のニットがきたんだから、もう目もあてられません。

「やっぱりパンツは嫌いだ」

としみじみ思ったのである。

ところで昨日、雑誌の撮影が二つあった。そうよ、この頃テレビ出演も多いが、雑誌もひっぱりだこ。みんなやっと私の魅力に気づいてくれたようだ。

担当のテツオから電話があった。

「あんたのセンスって信用出来ないから、マサエちゃんに見てもらいなよ」

マサエちゃんというのは、昔から仲よしのスタイリストである。私のサイズのお洋服のレンタルなんかないから、彼女は私の最近買ったものを全部見て、コーディネイトをしてくれるわけ。ソファにずらり並べたものを見て、てきぱき組み合わせていくマサエちゃん。プロって本当にすごいと思いますね。どうってことのないジャケットが、中のブラウスとアクセでとたんにイキイキ。

そして当日、撮影場所は上大崎のマグスタジオだ。マグスタジオというのは、十年前、マガジンハウスの社員寮を壊してつくった、マガジンハウス専用のスタジオ。よって知った人ばかりだ。マサエちゃんは仕事で来られなかったのであるが、そうすると他のスタジオで仕事中のスタイリストさんたちが、手が空くと私のめんどうをみてくれる。こういうところがアットホームで本当にいいですね。

「ハヤシさん、二カットめは黒のワンピースの方がいいかもね」

「アクセは私のを貸してあげる」

私物のプチダイヤをはずして貸してくれたりもする。インナーのTシャツのラインをまっすぐ、姿勢もちゃんとね、と撮影中もずっとケアをしてくれるわけだ。それも二人がかわるがわる見てくれる贅沢さ。

図々しいついでにいろんなことを相談する。

「私のクローゼットって、チョロランマって言われていて、中に踏み入ることが出来ない。頭の中でコーデしても、現物を探し出すことが出来ないの」

そうしたら美人スタイリストとして有名なオカベさんがこう言った。

「ハヤシさん、月ごとにラックにかけておくの。七月に着たいものだけを取り出しておくのよ」

なるほどと思う私。

今日は別のことでお出かけであるが、昨日プロがコーデしてくれたものをちゃっかり着ていく私。もちろんパンツはなしだけど。

同級会に行こう！

ずうっと私の担当をしてくれた、ヘアメイクのA子さんのことは何度かお話ししたと思う。

タレントさんにもなれるぐらいのクールな美貌。知り合いの独身ドクターに紹介したところ、

「ハヤシさん、こんな美人と二人きりでいいんでしょうか」

と興奮してメールしてきたぐらいだ。

しかし彼女は言う。

「友達は、〝ドクターならいいじゃん、他のこと目をつぶったって〟、って言うんです

けど、私はやっぱりそんな気になれません。私、仕事が大好きだし、そんなに好きでもない人と結婚する気にもなれないし……」

というあっぱれな答え。

そんなことをしているうちに、彼女は三十七歳になった。昨年(二〇一二年)、一緒に海外ロケに行った時、彼女は言った。

「私、結婚する気がしないんです。実は一生しなくてもいいと思ってるかも」

「あーいうの、よくいるよ」

と、口の悪いテツオ。

「なまじっか美人だからプライド高いんだよなァ。そこらの男と結婚するぐらいなら、って思ってんだよ」

ところで、久しぶりに彼女にヘアメイクを頼もうと思って事務所に電話したところ、

「今月出産なので、ちょっとお休みしています」

と言うではないか。私はのけぞってしまった。半年前には、ニンシンはおろか恋人もいないと言っていたではないか。そのうちに様子が伝わってきた。彼女は、地元の同級生と結婚したというのである。

再び口の悪いテツオ。

「千葉で同級生と、できちゃった婚するなんて、あいつってヤンキーだったんだよなァ」

このアンアンの文章を、A子さんは読んでいたらしい。

「ハヤシさん、ヤンキーっていうのは、せいぜい二十代前半じゃないですか。三十七歳で私のどこがヤンキーなんですか」

顔は笑っていたけど、ちょっと怒っていたかも。それならば、どうして結婚、妊娠にいたったか、話してくれるように私は頼んだ。実は職場復帰したばかりの彼女に、この頃しょっちゅうヘアメイクを頼んでいるからだ。

「本当に久しぶりに同級会に出たんです」

彼女は言う。

「今までは出たことなかったけど、四十近くになると、同級会って出たくなるんですよね。みんな、どれだけおじさん、おばさんになってるかと思って」

A子さんはお父さんの仕事の都合で転勤があり、その千葉県の小学校にやってきたのは四年生の時だったという。そしてその転校先の同じクラスに彼がいたらしい。

「転校生の私にやさしくしてくれたので、ちょっと好きになったんです。でもそれもつかのま、中学生になったら、もう全然つき合わないようになりました」

そして中学生になったA子さんは、学校が面白くなく、

「ちょっとやさぐれていた」

という。つまりテツオの言うとおり、ヤンキーになっていたということですね。

「千葉の市街地からはずれたところに住んでいる子は、ふつうヤンキーになります」

しかし途中でこういうのにも飽き、猛勉強した。

「地元の友達が行けないレベル」

の高校に入ったそうだ。

そして高校を卒業した後、A子さんは専門学校に入り、念願の美容師になった。今ではサロンにも立つし、売れっ子のヘアメイクでもある。彼女がそれこそ十年ぶりぐらいに地元の同級会に出たのは、

「東京で活躍している自分」

をちょっと見せびらかしたい気持ちもあったに違いない。そこでかつての小中同級生だった彼と再会するのである。会ってお酒を飲んだらすごく楽しかった。最初はグループで集まるようになり、いつしか恋人同士になったそうだ。

しかしあくまでも仕事大好きなA子さんは、仕事が第一で、結婚する気にはなかなかなれない。こういう時、女の子はよくギャンブルをする。つまりこのまま自然にま

かせて、

「できちゃったら結婚、できなかったらただの恋人」

に賭けたのだ。そうしたらあっという間に妊娠。三十七歳の彼女は、まさかと思っていた出産をすることになる。今年（二〇一三年）の四月にかわいい女の子が産まれたそうだ。

「ハヤシさん、笑わないで聞いてくださいね」

A子さんは恥ずかしそうに言った。

「小学校卒業の時、自分だけのオリジナル文集をつくるんです。その時表紙に、私は絵を描きました。クラスでいちばん好きな男の子としっかり手を握り、道を歩いている絵です。Mというイニシャルのセーターを着ている私と、Hというイニシャルを着ている男の子がしっかりと手を握り合っているんです。このHの方が今のダンナなんです。私も久しぶりにこの文集を見て、本当にびっくりしました」

いい話ですね。皆さんもぜひ同級会に行きましょう。

パンツばさみのおかげで

ここのところ、本のプロモーションのため、テレビに出まくっている私。洋服代が本当に大変。最初はメモしていたのであるが、途中からもうどうでもよくなってきた。

「もー、かぶったって仕方ないじゃん。なんか文句あるワケ？　自前なんですからね」

しかし意地悪な人からインターネットに書き込みがある。

「ハヤシマリコって、ワイドショーと三日後の夜の情報番組、同じブラウス着てた」

じゃあ、あんた買ってよ、と私は言いたい。芸能人ならお洋服貸し出してくれるけど、私はサイズがないゆえ、みーんな自分で用意してるんだからね。

ところで先週のこと、山梨の母親の具合が悪くなったので急きょ帰ることになった。すぐに回復したからよかったものの、あの時はかなり焦った。実家に泊まることにしたのであるが、ふだんここには洋服を置いていない。それで二、三日分を買うことにした。さっそくスーパーの中の洋品店に行く。ここはこの町の中でも、比較的センスがいいと見当をつけたからである。

入る時、私はかなりゴーマンになっていたかもしれない。

「高級ブランド品を着てる私を見て、びっくりかもね」

しかしそんなことは全くなく、ブラウス、ポロシャツ、カーディガン、サンダル、パンツ、しめて四万六千円お買い上げした私に、店員さんはこう言ったのである。

「ご旅行ですか」

ということは地元の人に見られたのだ。口惜しい。このブラウスなんかシャネルなんだから。本物のシャネルよ。私はつんとして答えた。

「このサンダル履いて帰るので、この靴、紙袋に入れてくれますか」

そーよ、この靴だってちょっと古いけどプラダなのよ。いったい私を誰だと思ってんのよ。都会からやってきたブランド大好き女なのよ。

そしていったんうちに戻り、地元で買ったポロシャツにカーディガンを着た私を見て、イトコたちがげらげら笑う。

「あんたも山梨で買ったもんを着ると、どう見ても山梨のおばさんじゃん」

確かにそうかもしれない。だけど私は今、オーラを消してるのよ。親の具合が悪くて看病に来てんのに、そんなにキメられるわけないじゃん。

そして山梨のおばさんとして過ごした二日後、私は家でシャワーを浴び、東京に帰る準備をした。ハンガーにかけておいた洋服、そう、シャネルの白いブラウスにプラダの紺スカート、ドルガバの白ジャケットを着た。鏡を見る。もう山梨のおばさんじゃない。どう見ても「東京からきた人」だ。それが証拠に病院の入り口で、女の人から握手を求められた。

「ハヤシマリコさんですね。応援してます」

私は感動した。服の力というのはなんとすごいのだろうか。ちゃんと東京の服に着替えたら、私からむらむらと有名人のオーラが出てきたのね。私は胸を張り、有名人にふさわしく大股で歩いていった。するとおばさんの声が。

「ちょっと、ちょっと。あんた、ちょっと」

しつこく追いかけてくる。

やーねー。握手かサインが欲しいのかしら……。

「ちょっと、ちょっと、ちょっとォ」

だけどそれにしてはしつこい。ずっと無視する。すると今度は看護師さんが前にまわって追ってきた。

「ちょっとォ、パンツが見えてるわよ」

恥ずかしい。またやってしまった。恐怖のパンツばさみ。トイレに行った際すごく急いでいると、よく（下着の）パンツにスカートをはさんでしまうのだ。どういうことかというと、スカートの布が上からパンツのゴムにはさまり、まくり上がってしまうんですね。

今から四年前、ハワイに行った時、ホテルのロビーで白人の女性に、

「エックスキューズ・ミー」

と叫ばれた。この時はかなりミニだったので、パンツはかなり見えていたらしい。

「ちょっとォ、相当恥ずかしいよ」

と友人は驚いたが、私は、

「旅の恥はかき捨てだよ」

と居直ることにした。

ところであなたはスカートをパンツにはさんだことがありますか。この質問を投げ

かけたところ、秘書のハタケヤマは、

「あるわけないじゃないですか」

と言った。しかし、あるあるある、という友人はかなり多いのである。私と同じようにソコツ者の女たちである。やっぱりトイレから出た後、人に注意されたことがなんどもあるという。

こういう人はどんなおしゃれをしてもダメですよね。洋服がかわいそう。しかし同じように人生をすごしていても、パンツばさみのおかげで私は強くなった。それは何かあってもそれほど動揺せずにその場をやり過ごすことが出来るようになった。お礼を言ってすぐに逃げるさまも堂々としていて卑屈ではない。こんなの自慢にならないか……。

男と女の〝アナ〟問題

ちょっと前の話になるけれど、「金スマ」見ていただけましたか？

「林真理子物語」の再現フィルムは、わが人生ながら本当に感動してしまった。そして友人たちからは、

「安住アナウンサーとのかけ合いがすごくよかった」

という声が。

そう、あの男性アナウンサー人気ナンバーワンの安住紳一郎さんが、わが家を訪ねてくださったのである。こちらを軽くイジリながら話を聞き出す技はさすがであった。

そして画面で見るよりもはるかにカッコいい。うちのお手伝いさんも、

「いい男だねぇ……」

とうっとりしていた。

ところで男の人で〝女子アナ好き〟を公言している人は案外多いのに、女では見たことがない。おばちゃんくさくなるのがイヤなのであろうか。

私も格段〝男性アナ好き〟ということはないけれど、それでも気になる人は何人かいる。男性アナウンサーは、ホストタイプと芸人タイプの二手に分かれるが、ホストタイプの代表が安住さんであろう。私は日本テレビの桝太一さんも好きである。このあいだ「スッキリ!!」に出演のために日本テレビに行ったら、打ち合わせ中の桝さんを見つけてすごく嬉しかった。

が、私のいちばん好きなタイプは、何といってもＮＨＫの野村正育アナウンサーである。ご存知のように、私はスクエアで端正な男性が大好き。表情を変えることなくニュースを読む野村さんを見て、

「ジャストマイタイプ！」

と叫んでしまった。

そして何年か前のある日、オペラを見に行ったら隣りの席が野村さんだったのである！　名刺を交換したものの、なすすべもない。まさか名刺にあるＮＨＫのアナウン

サールームに電話したって、つないでくれるはずがないではないか。

ところがひょんなことから、NHK出身の人が紹介してくれて、みなでご飯を食べることになった。そして私は知ったのであるが、野村さんは京都大学ご卒業だったのである。私は未だかつて東大卒の男に心惹かれたことはないが、何度か京大卒の男性とはナンダカンダあった。そう、アカデミックでいい男の宝庫、それが京大なのである。野村さんは京大でバレーボールの選手だったんだって。

ホントに私好みで素敵な野村さんであったが、その後福岡に転勤になられ、おめにかかることはなくなった。本当に残念である。

ところでバブルの頃というのは、巷はCA好きの男で溢れていた。当時はスッチーといったけれども、彼女たちはバブルのあだ花。遊びまくり、男の人にモテまくった人が多かったはずだ。

「あの頃はまるで夢のように楽しかったわ」

と友人は言う。仕事がない時は毎晩ディスコへ行き、シャンパンを飲みまくった。だけど自分で払ったことなんか一度もない。

「同僚と何人かを、京都に招待してくれて、すんごい懐石食べさせてくれた」

お金持ちもいたそうだ。彼女に言わせると、

「要領のいいコはあの時に結婚した。しそびれた私たちはつらい時代を迎えることになった」

そうである。

そしてスッチー全盛を経て、その次に訪れたのが女子アナブームであろうか。今はちょっとおさまったが、一時期はアナウンサーだかタレントだか全くわからない人がいっぱいいいた。男性週刊誌もやたら彼女たちのことを取り上げていたっけ。今でも人気アナウンサーの結婚が、スポーツ紙の一面を飾る。

プロ野球選手というのは、闘争本能の根源ともいえるオスの本能が単純化され、磨かれていった人たちだと思う。こういう人たちの女性の好みが画一的でも、別に仕方ないと思う。プロのアスリートというのはそういうものだからだ。こういう人たちが結婚相手に選ぶのは、一時はCAばかり、そして今は女子アナである。その時代、いちばんわかりやすいキレイでカッコいい女性たちだ。まあ、私とは関係ない世界だからいいですけどね……。私はうんとわかりづらい女ですもん……。

そう、そう、男性アナウンサーの話ですよね。私は女子アナ好きの世の中の男性、つまりプロ野球選手のように近づくチャンスも自信もないくせに、週刊誌の女子アナ特集を読んだり、人気投票に参加したりする男を軽蔑しているけれども、私としては男性アナウンサーとお近づきになるのはちょっといいかも、と思ったりする。ほら、あの人たちってすごく折目正しいじゃないですか。芸人タイプの人は別として、ゲラゲラ笑ったりしないし、表情をそうあらわにすることはない。美しい日本語を喋り、下品なことはいっさい口にしない清潔なハンサム。ああいう人とお酒を飲んで、ちょっと酔わしてみたいなァ……。いや、これってまさしくオヤジの好みじゃん。いけない、アナウンサーについて語ると、男も女もイヤらしくなります。気をつけます。

私はロゼの妖精！

私は男の人から、お金を遣ってもらえない女。つき合っていても男の人から、たいしたことをしてもらった記憶がない。

が、私のまわりにはこういう女が結構いて、最近私は、仲よしの編集者A子さん（四十代独身）を旅行に誘った。これは私から誘ったので、もちろん全額もつつもり。

そして私がエアチケット（プレミアムシートです）を渡したところ、彼女は目がうるうるしてきたではないか。

「ハヤシさん、私はヒトにこんなことをしてもらったの初めて。不倫をしていた時も、私は自分の分、ちゃんと払ってたんですよ……」

彼女のカレは、私も会ったことがあるが遊び人のおじさんである。しかしそれでもよかったと彼女はけなげに言う。つらかったのは、カレのグループで旅行に行く時だった。他のおじさんたちは、若くキレイな愛人を連れてくる。彼女たちは旅行費用は当然のこととして、出かけた先でもいろいろ買ってもらってキャッキャッしていたそうだ。

「それにひきかえこの私は……。ホテル代もワリカンでした……」

なまじ稼ぎがいいと、女はこんなめに遭うのだと、かつての自分を思い出して、私も怒りにワナワナ震えたのである。

しかしこんな私でも、ごくたまには、わーっとおごってもらう時がある。そお、ご接待というやつですね。この頃出版社も経費節減で本当にシブくなりました。昔のことを知っている私など、信じられないことばかり。このあいだもテツオが……いや、いや、やめておこう。

出版社にお金を遣わせないのがモットーの私。しかしたまに、ごくたまにアルコールが入ったりしていると、とんでもないことを仕出かしてしまうのである。

かなり前のこと、銀座の超高級クラブに連れていってもらった。美しい女性がいっぱいいるところである。そこでママが言った。

「シャンパン抜いちゃいましょうよ」

こんなところでドンペリニヨン抜いたら、それこそ十何万円でしょう。しかし酔った私は高らかに叫んだ。

「私は色つきのシャンパンしか飲まない女なのよ！」

思わずどよめきが起こった。ロゼのドンペリは、ものすごい値段だからだ。どうして私はあんな大胆なことを言ったんだろう。自分が女優さまにでもなった気分だったんですね。だが、まわりの男の人たちもなんだかやたらノッて、

「ピンドン飲もう、飲もう」

ということで盛り上がったのである。酔いからさめて、小心者の私はとても心が痛んだ。ベストセラーをばんばん出してる作家ならともかく、私ごときが銀座でピンドン飲むなんて……。

が、あれから五年、銀座の女性はたいしたもんだと思います。『野心のすすめ』のヒットのお祝いに、出版社のえらい人たちと食事をして、また同じクラブへ寄った。そうしたらそこのママが、以前のことをちゃんと憶えていた。それどころか、

「マリコさんは、色つきのシャンパンしか飲まないもんね」

と、ロゼのシャンパンをお祝いに抜いてくれたのである。そして出版社のえらい人

も一本またオーダーしてくれて、その夜の私はロゼ・マリコ。そうよ、これからは高めの女。私ってすごーくお金のかかる女、というイメージをここいらで浸透させましょう。

しかし世間のイメージも、そう間違ったものではないらしい。

私が幹事長をつとめる文化人の団体、エンジン01が、今年（二〇一三年）の暮れに甲府で大会を開くことになった。そしてポスターをつくることになったのであるが、すべてワインのイメージで統一しようということになった。赤ワインはあの人、白はあの人、とモデルを振り分け、私はこう言われたのである。

「ハヤシさんはロゼワインでね」

やっぱり私ってそう見られているんだと、ヘンに納得してしまった。

さて当日は、超売れっ子アートディレクター森本千絵さんのアトリエへ。ここでメイクをしてもらった。髪をふわふわに高く結い上げ、髪飾りをつけてもらった。つけ睫毛《まつげ》もばっちり。

そしてピンクのきらきらした衣裳をつける。制作はあのひびのこづえさんですよ！衣裳制作を中心にアート活動をしている、日本を代表するクリエイター。それなのにこんなおばさんの着るものやらせて、本当にすみませんねぇ……と突然謙虚になる私である。そしてカメラマンさんの指示で、私は白い布の上に横たわり、上からアクリル板をぴったり重ねられる。なんでも妖精が浮遊しているイメージなんだって。脚や肘を曲げたポーズは結構つらいかも。そしてぽわーんとした質感を出すために、アクリル板を顔にくっつける。つまり布と板の間にぴったりはさまれるワケ。いくら妖精でも、くるしーい。なんか昆虫採集の虫みたいな気分よ。

やがて撮影が終わり、アクリル板が上にするする上がった。そうしたら「あっ、生きてる」という声が。ひどいけど笑っちゃった。

お酒の神さまの忠告

ビールがおいしい季節ですが、きゅんと冷えた白ワインもいいですよね。和食だったらやっぱり辛口の冷酒。お酒好きですか？　私は大好き。この世でいちばん楽しいことは、と聞かれたら、

「気の合った友だちとわいわい言いながらお酒を飲むこと」

と答える。

そんな私であるから、酔っぱらった女の子に対しては寛大だ。歌舞伎町の真中で、大トラ女子がスカートで大開脚して座り込む……というのは論外として、酔った女の子が好きな男の子にからむというのはいい光景ですね。よく駅の改札口で男の子に何

か訴え、しくしく泣いている女の子を見るたびに、

「やってる、やってる……」

と微笑ましく見る私である。

そう、酔っぱらった女の子というのは、たいていのことが許されると私は思う。カラオケでマイクを離さなかったり、誰かの膝に座り込んだり、からんだり、からまれたり。まあ、お持ち帰りしたり、お持ち帰りされたりするのも今だったらアリではないだろうか。この場合は、相手の身元がちゃんとしている、ということが原則になるけれども。ちょっと迷ったら、路チューぐらいで済ませるのもいいかもしれない。

そう、このあいだ出した『美女入門金言集』にも私は書いた。

「もののはずみがない人生というのはつまらない」

そう、恋というのはたいてい、もののはずみからはじまるのである。

私は若い頃、お酒で何度か失敗をした。今考えても恥ずかしくてたまらなくなるようなこともいっぱい。しかしまあ、今となっては四分の三は、いい思い出に変わるかも。

そして最近私はわかったことがある。若い時のお酒の失敗というのは、たいていの場合、あちらに向かっている。しかし年増になってからのお酒の失敗は、こちらに向

かってくるようになっている。そう、二日酔いという結果になるのだ。

　このところものすごい忙しさが続いている。いつもはテレビに出ない私なのに、なまじ本が珍しく売れたもんで、あちこちに出演させていただいた。雑誌の取材もやたらオファーがきた。テレビや雑誌に出るというのは、そりゃあ大変。ただ現場に行けばいい、というものではない。プロのヘアメイクさんにお化粧をやってもらうので、これに一時間半かかる。その前にシャワーを浴び、髪も洗わなくてはならない。ホントに時間がかかるのだ。

　その日はテレビの取材の後、池袋でサイン会があった。テツオが言う。

「終わった後、パーッと本の打ち上げやろうぜ」

　そう『美女入門金言集』の発売日だったのだ。テツオやアンアン編集部の独身ハッチたちとお酒を飲むのは久しぶりで楽しみだ。が、私はちょっとイヤな予感がした。

「明日朝八時半の新幹線に乗って、大阪へ講演しに行かなきゃ……」

「平気、平気、中で寝てけばいいじゃん」

　いつもなら、そうだよね、と答える私であるが、何かひっかかるところがあったのである。そう、その時私の疲れ切った体が、

「いつもみたいに飲まないで。早くうちに帰って……」

と懇願していたのではなかろうか……。

池袋でのサイン会が終わったのが夜八時半、そのままみんなで青山のドンチッチョへ。ここは私の大好きなイタリアン。イカのフライや生ハムをおつまみに、シシリアのワインを何杯も飲む。そして明日のことがあったので、私だけ早めに帰った。

そして明け方、私は猛烈な吐き気で目がさめた。トイレへ行く。便器にかがむ。しかし私はふだんゲロをしつけない人間である。ゲロをしない人というのは、ゲロをするのに慣れていないしコワイ。喉の奥に指をつっ込んでゲーゲーやればいいのだが、どこか躊躇《ちゅうちょ》するため、スムーズにいかないのだ。

こうしている間に六時になった。夫が起きてきてガミガミ言う。

「だらしないからこんなことになるんだ。体調が悪い時に飲まないのは常識だろ」

それを寝巻きのまま、ソファに横たわって聞く私。体にまるで力が入らない。どうやって新幹線に乗ればいいんだ……。お風呂にお湯をため首までつかった。必死の思いで化粧をし、洋服を着た。コーディネイトがどうのこうのという状況じゃない。そしてタクシーで東京駅へ。新幹線のドアが開くまでがこんなに長く感じたことはない。ホームで立って待ってるのがつらいんだもん。座席に倒れ込み、毛布をかぶったところ、後ろの席で赤ちゃんの泣き叫ぶ声が……。赤ちゃんが泣くのは仕方ないけど、朝のグリーン車ではつらいわ。そして私は迎えに来てくれた馴じみのカルチャーセンターの女性に必死で頼んだ。

「今日の会場はホテルだよね。控え室、ベッドのある部屋にして……。お願い」

そして昼食はやめ、講演寸前までベッドに寝てました……。本当につらかった。もうお酒はコリゴリ……とは思わないけど、お酒の神さまはこうして時々イエローカードを出す。それをちゃんと受けとめましょう。そうでないとレッドカードになっちゃうから。

ワンピの悩み

今年（二〇一三年）の夏は、テレビ出演が多かったため、ものすごい量のお洋服を買った。が、なんということであろうか、かなりのスピードで体重を増やしていったため、あっという間に似合わなくなっていくものが多い。

皆さんもよくご存知のとおり、スタイルというのは本当に重要なもので、ちょっとした体のラインが洋服を遠ざけたり近づけたりする。

ある時、めったに行かないブランド店で、私はカーキのジャケットを見つけた。その頃私はダイエットに成功し、今よりも十キロ近く痩せていた。そしてそれを着てみたところぴったりだ。ぴったりどころか、

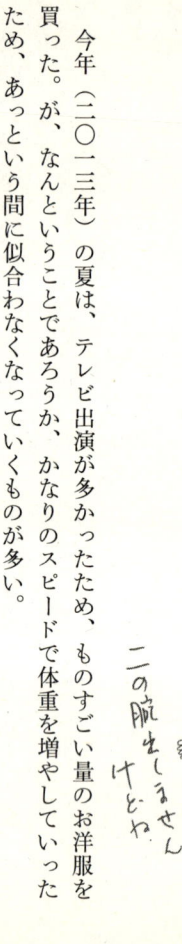

私、ワンピース大好き
二の腕出しませんけどね

「このジャケットは、私のためにつくられたのではないだろうか」

というくらい似合った（ような気がした）。店員さんはもちろん、一緒に行った友人たちも誉めてくれた。

値札を見る。信じられないような値段であった。しかし私は思った。パリのデザイナーがはるか遠くの地でデザインしつくられたものが、今、極東の地に運ばれ、一人の女が着るとこんなに似合っている（と思った）。これはもう運命なのではなかろうか……。そうよ、これは私のもの。三度のご飯を二度にしても、これを買わなきゃ……。

ということで購入したそのジャケットであるが、着ることは全くない。試しに羽織ってみると、私は不思議な気持ちに襲われる。

「こんなに似合わないものを、私はどうして買ったんだろうか……」

そう、カラダがだぶついてきたため、ポケットが幾つもついた、そのジャケットが全く着こなせないのである。

私は洋服が大好きで、こんなに買いまくっているのに、どうしてこんなに裏切られてばかりいるのだろうか。そうか、すべて自分がいけないんですよね……。

つい先日のこと、何年かぶりに元カレとご飯を食べることになった。こういう時、何を着ていったらいいか本当に悩む。ふつうのイタリアンであるが、スーツやジャケット、という気分ではない。Tシャツにカーディガンだとカジュアル過ぎる。となると、やっぱりワンピでしょ。

私はワンピが大好き。気に入ったものがあると色違いで買ってしまうほどだ。プラダの黒のプリントをヘビーに着ていたが、今年は同じ柄でグリーンが出たのでさっそく買った。デイトにはこれを着ていくことにする。が、ひとつ問題が。このところ食べ過ぎが続いて、お腹がぽっこり出ていること。ワンピは、体型をカバーしてくれるが、お腹の肉はいかんともしがたい。薄手のカーディガンを着てごまかすことにする。そお、このカーディガンというのは鬼門ですね。ワンピをカッコよく見せるかどうか、というのは、カーディガンと足元にかかっているのだから。

ガーディガンはないに越したことはない。そりゃそうでしょ、おばさんがワンピにカーディガンを羽織ると、二の腕を隠していると思われる。事実そうなのが口惜しい。

ついこのあいだ、仕事でモデルさんとランチをしたら、腕も胸もたっぷり出るワンピであったが、可愛いったらなかった。こんがり陽に灼けていたからなおさらだ。コットンの花模様のワンピだと、一見野暮ったく見えるのであるが、彼女はそれを逆手にとってうんと健康的に着こなしているのだ。お化粧が薄いのも好感を持てる。

話が変わるようであるが、アメリカやヨーロッパで長く暮らしている友人が、日本に帰るたびに私に言う。

「日本の女の子って、どうしてあんなに露出するの？　ショートパンツやミニスカート。海外ではあれは商売女の格好だよ」

そうかなァ……と思って渋谷や原宿へ行くと、白人の女の子たちが歩いている。円安のためか、ぐっと増えている。そしてたいていがショートパンツかミニで、彼女たちも露出が多い。が、いわゆる〝商売女〟に見えないのは、みんなお化粧が薄いか、ほとんどしていないせいであろう。

そこへいくと日本の女の子はメイクが大好き。こってりと塗ってつけ睫毛をしたりする。それで太ももをばっちり見せるのであるが、美肌のため灼いていないまっ白い肌。だからヘンになまめかしい。

私はバランスをとるために、肌を見せる場合は、メイクを薄くするか、灼くかのどっちかを選ぶべきだと思うのである。

ワンピもうんとミニにするなら脚は灼いた方が絶対にいい。ヨーロッパだと、脚だけ灼くようになっているリゾートチェアがあるようだけど。

とにかくワンピの仕上げはやっぱり足元ですよね。靴フェチの私は、今もサンダルを四足くらい買ったのであるが一度もはいていない。なぜなら忙しさのあまり、ペディキュアに行く時間がないからだ。テレビのファッションチェックで言ってた。

「ペディキュアしないでサンダルはくのは、パンツをはかないでスカートをはくようなもの」

私はよく〝パンツばさみ〟はするが、パンツを忘れたくはない。

素敵なニンジン

美女についていろいろ書いている私であるが、本当の美女というのにそう会ったことはない。

ふだん会うのは、

「ちょっと可愛い」

「キレイな人」

といったレベルである。

が、このところたて続けに、本当の美女に会っている。今度、ミスコンテストをテーマにした小説を書くため、ミスのファイナリストたちにおめにかかったのだ。すご

いですよォー、顔の美しさといい、脚の長さといい、ふつうの女の子とまるで違っている。レストランで食事をした時、四人のファイナリストたちが見送ってくれたのであるが、美女がずらりと並ぶとまるで後光が射しているみたい。テラスレストランには、たくさんの若い女性がいたのであるが、なんか別の星から来た人たちのようであった。

このあいだはファイナリストのさらに上をいく、二〇一二年度ミス・ユニバース世界大会日本代表、つまり日本一の美女と会って食事をした。原綾子さんといってまだ二十五歳なのであるが、女王のような貫禄と威厳、気品をすべてかね備えている。私など、

「ハハーッ」

とひれ伏したくなってくるようだ。私の金言集に「美女はシンプル」という一条があるが、彼女はまさしくそうであった。額を出してあっさりしたアップにしている。ノースリーブのブラウスと同色のパンツというファッションであったが、腰の位置の高さが尋常ではない。お化粧も会話のセンスも完璧であった。

原さんが言うには、ミスコンに出ようと決めてから、何年かかけて準備してきた。ということとは、この素晴らしいプロポーションのボディは、コツコツとつくり上げて

きたものらしい。

この言葉に感動した私。まるで職人がのみをふるうように、自分のボディをつくり上げることが出来たら……。

そんな折も折、オーガストさんから電話をいただいた。

「マリコさん、一緒にジムに行きましょう。いろいろ教えてあげますヨ」

オーガストさんとは、女性誌の対談で会った。ハーフのものすごいハンサムだ。栄養科学博士の肩書きを持ち、ダイエットやアンチエイジングの本をいっぱい書いている。その人に合ったパーソナルダイエットの指導もしているらしい。自分の会社を持っているビジネスマンでもある。

駅前のジムで待ち合わせした。実は私、このジムに入っていたのであるが、一回行っただけで退会してしまったという過去がある。

「マリコさんのように運動が好きでない人が、まずだらだらと、マシーンで走ったり、自転車こぎするから、ますます嫌いになるんですよ」

とのこと。

体型や体力の前にその人の性格に合ったトレーニングをしないと長続きしないということ。

「マリコさんの場合は、一回三十分以内にしましょう」

まずはお腹をひっこめるマット運動。それから八キロの鉄球を持って屈伸運動を教わった。しかしこの屈伸がつらいの何のって。オーガストさんがやすやすとやる、腕を伸ばしたままの鉄球アップが出来ない。

「慣れてくるとやれるようになりますよ。頑張りましょう」

と励ましてくれるオーガストさんのボディのカッコいいこと……。ぜい肉が全くなく、筋肉のついた逆三角形の体。五十一歳だなんて信じられない……。

「マリコさん、来月ボクが帰ってくるまでに、この屈伸運動マスターしといてくださいね」

そう、オーガストさんは、ふだんニュージーランドに住んでいるのである。宿題を出されてしまった、ということで、私はまた駅前ジムに再入会することに……。

さてトレーニングが終わり、オーガストさんはランチをご馳走してくださった。本来ならばお世話になった私がしなくてはいけないのであるが、

「食べ方もいろいろ教えたいので」

ということである。

連れていってくださったのは、有機野菜を出してくれるリストランテであった。や

っぱりパスタは禁止、パンも一口も食べちゃダメ。

「その替わり、野菜をいっぱい食べてください。生の魚もぜひ」

そうしたら三ヶ月で必ず体型が変わるということであった。が、そんなに私は根性あるだろうか。

私は思うワ。ファイナリストや原さんのように、もともと美しいもんに磨きをかけるんだったら、つらいけれどもどれほど楽しい作業であろう。しかし私のように、運動神経を人並みに直す……というのはそんなに楽しくないような。

が、目の前で超ハンサムな男性が、

「マリコさん、一緒に頑張りましょう」

と言ってくれたのである。私のニンジン……。

がんばるフォーマル

今年（二〇一三年）の夏は、ドイツのバイロイト祝祭劇場へ行ってきた。バイロイト祝祭劇場といえば、世界中からワーグナーファンが集まるところである。すごい偶然からプラチナチケットが手に入ったのだ。

「あのオペラ劇場は、フォーマル以外の格好は許されないんだよ」

と引率してくれる友人が言う。

「男はみんなタキシードで、女性はイブニングだよ」

「長めのカクテルドレスじゃダメ？」

と聞いたら、

「ダメ、ダメ。みんな床までのイブニングだよ。ロングじゃなければ肩身が狭いよ〜」

というとことであれこれ考える私。

オペラは四回見ることになっている。ということは四枚のイブニングが必要だ。私はチョロランマこと、クローゼットの奥地へとわけ入った。昔買ったシャネルのドレスを発掘するためだ。これはすぐに見つかった。ビーズがいっぱいついたベージュのすごく美しいドレスと、紺色のシフォンの透けるもの。こわごわ試したところ、私ってやっぱりデブになっていたんですね。ビーズのドレスは薄手なのでお腹がぽっこりと出てしまう。シフォンのドレスにいたってはファスナーが上がらないではないか……。

しかし私には別の手がある。それは六年前にパーティーにおよばれした時に買った、ダナ・キャランの黒のロングスカート。そして黒ラメのタンクトップと同じ素材のストールである。このセットでどうにかなる。

ラメ素材のものは多いが、ダナ・キャランのラメはひとつひとつが小さくて手が込んでいる。光り方がまるで違うのだ。

実はこのあいだデパートのサマーバーゲンで、三割引きになったダナ・キャランのアンサンブルを買っておいた。こちらはグレイのラメ。キラキラきれい。

これで二パターンが完成するわけだ。ところがどうしたことであろう。確かにしまったはずなのに、スカートとラメのタンクトップが姿を消してしまった。

「こういうものは、すぐに見つかるように」

とどこかにしまっておくのが裏目に出た。そのどこかがどうしても思い出せないのである。

私は探した。探しながらお片づけをした。決して誇張でなく六時間探した。そして力尽きた。明日午前中に、成田に向かう。スカートがなければ大変なことになってしまう。

ということで、私は着替えをして家を出た。表参道のダナ・キャランへスカートを買いに行ったのである。そこで黒ラメのタンクトップを再び買うか悩んだが、やっぱりやめて、ジャージー素材のタンクトップにした。幸いなことに黒ラメの大判ストールは見つけ出すことが出来た。これとロングスカートさえあればどうにかなるような気がする。

そしてこれまた大昔買ったシャネルのロングプリーツスカートと、プラダの貴石つきブラウスを組み合わせることにした。

さて、バイロイト祝祭劇場であるが、タキシードの人もいるが、半分はスーツの男性。女性も仕事帰りのラフな服装を何人も見かけた。中にはデニムの人だっている。

「なんていうことなんだ……」

友人はフンガイしていた。

「十年来ないうちに、こんなに服装がカジュアルになっているなんて」

彼のドレスコードって十年前だったんだ。

けなげに私たち三人の女性陣は誓い合った。

「せっかく日本から来たんだし、イブニング着ている方が盛り上がるよね。私たちはずっとロングでとおそうね」

しかしここで問題が。今までお話ししたとおり、私のフォーマルドレス計画は三パターンしか用意出来てないワケ。

他の女性たちを見ると、みんな素敵なドレスに着替えてアクセサリーもとっかえる。スーツケースの大きさは同じぐらいなのに不思議だ。

ところでオペラ見物の中日、友人が言った。

「明日は一日中何もないから、みんなでバスを仕立ててプラハに行こうよ」

ドイツの東のすみバイロイトから、チェコのプラハまではとても近い。車で三時間の距離だ。さっそくバスを仕立てて皆で出かけた。プラハへ行くのは初めて。スラブと西欧が混じるとても美しい街であった。古い教会やキュービズムの建物を見るのも楽しいが、意外なことにこの街はブランド店がずらりと並んでいる。しかも半額バーゲンのまっ最中なのだ。

私と友人はヴァレンティノに入った。半額も嬉しいが、東欧の人の体格に合わせてサイズが大きいのも嬉しい。私はここで黒いビーズとレースでつくった美しいブラウスを買った。これにロングスカートを組み合わせれば、そう、みごと四パターン完成するのだ。

黒ロングって上と組み合わせOKなので、こういう時に本当に便利ですね。しかしヘタをするとママさんコーラス風になってしまう危険もはらんでいる。トップスを白にするのはやめた方がいいかも。海外でフォーマルなドレス買うって楽しいから、こっちで買う手もある。

そして四日イブニングを着るうち、だんだんサマになってきた（ような気がする）私なのであった。

すべてはお靴のために

この夏（二〇一三年）は本当に暑かったですね。

三十六度とか三十七度になった時に外を歩くと、陽ざしが痛みを持って体にまとわりつく。すると不思議なことに、M的な快感が……。

「この中で働いている人のことを思えば、この距離を歩くぐらい……」

と自分を励まして歩いているうち、あまりの暑さで頭もぼーっとしてくるのが、ヘンに気持ちいい。

おかげで食欲もなく……と言いたいところであるが、相変わらずもりもり食べ、よくお酒を飲んだ。八月にはドイツに出かけ、完全なビール太り、イモ太りとなって帰

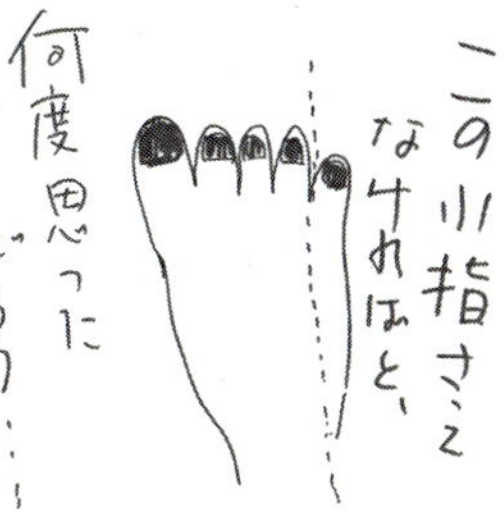
この小指さえ
なければと、
何度思った
ことだろう…

ってきた私である。

ところで今年も私は、春の終わりに素敵なサンダルを三足買った。一足は籐のウェッジソールに、オープントゥの黒のエナメル。ペディキュアだって入念にしましたよ。いつもは赤かピンクであるが、夏はオリーブグリーンにしてみた。

ところがどうしたことであろうか。全く足に合わないのである。オープントゥの方はなんとか二回履いていったが、あまりの痛さに途中で脱いでタクシーで帰ってきたほどである。

「どうして合わない靴を買ったのか……」

疑問はそこにいきつくのであるが、やがて答えが出た。

「春に試着する時はストッキングをはいているが、夏の本番は素足だから」

そお、どうしてこんなあたり前のことに気づかなかったのか。

それではサンダルにストッキングはありかといえば、やはりNG。若い人みたいにナイロンソックスも無理でしょう。

が、このあいだはびっくりした。うちに取材にやってきた中年の女性記者が、デニムにサンダルを合わせているのはいいとして、足首までの肌色ナイロンをはいていたのである。あれには驚いた。

それにしても昨年もやはりサンダルを何足か買ってやはり履いていない。壁一面を靴置き場にしているのであるが、もはや玄関にはみ出している。これというのも買った靴が合わないからである。いいえ、私の足が大き過ぎるからだ。これについてはどれだけ苦労したことか。テレビを見ていたら、はるな愛ちゃんが、靴のコレクションを披露していた。まるで工芸品のような美しい飾りのパーティーシューズが並んでいた。どれもきゃしゃなヒールだ。愛ちゃんは可愛い顔をしているが、元はといえば男性だ。男の人にも履ける靴が、どうして私に履けないのであろうか……。

先週のこと、某ファッション誌（注・マガジンハウスではない）の撮影があった。その時に女性の編集長がいたのであるが、彼女は背も高くがっしりとした体型だ。ファッション誌の人だけあってとてもおしゃれ。パンツにコンビの靴を合わせていた。

「いいなー、その靴」

私はため息をもらした。

「私は足が大きいから、そういう靴は絶対にダメ」

「何言ってんのよ、ハヤシさん」

と彼女。

「私こそ、足がものすごく大きくて苦労してんのよ」

「えー、本当⁉」

そういえば確かにその靴大きいかも。そして二人でぺちゃくちゃ靴談議。

「私なんかマラソンシューズ買う時に、足を計ったら縦は二十三・五センチだけど、横が二十五センチサイズ相当だったの。いかに横に広いかよね」

「わー、私と同じ」

驚いた。私もマラソンシューズ買う時に、その事実を知らされたのだ。

「サンダル履く時は拷問覚悟。いつも履き替えるシューズを持ってる」

「バレエシューズがいちばんラクなんだけど、ラクになってくる頃には、横にひろがって大判焼状態になってる」

「だから脱ぐの、すっごく恥ずかしい」

「そうかといってオーダーもんは、最初から大きくて幅広。履く気になれない」

とものすごく盛り上がったのである。

「ねえ、いっそのこと靴の買い出しに連れていってくれない」

と頼んだ。ファッションエディターの情報たるやすごいからである。

「わかった。〇〇〇や×××（カタカナですぐには憶えられない）に一緒に行こ、行こ。それから、うちの△△△△子も一緒でいい？　あの人もデカ足だから」

話は決まった。来月早々ランチを兼ねて靴の買い出しに行くことになっている。ところでサンダルと同じように、うちの靴置き場に眠っている靴もたくさん。ハイヒールさんたちですね。このくらい気合で履ける、と思って買ったが、やはりダメだったもの。

が、今日ヘアサロンで雑誌を読んでいたら、「ハイヒールで歩くためのレッスン」という特集が出ていた。さっそうと歩くためには、ウォーキングも大切だが、太もも、ふくらはぎ、お尻に筋肉をつけることなんだと。そのための体操も出ていた。

そお、デブがハイヒールでよちよち歩いているってかなりみっともないかも。よーし、靴のために筋トレだと、私はあらたな意欲に燃えるのである。

後学のためというけど

私のまわりには「魔性」と呼ばれる女が何人かいる。そのすごさといったらない。

「たとえば食事の時に、私が誰か男の人を連れていくとするじゃない。するとさ、その男の人は必ずヤラれてしまう。ふつうにみんなでご飯を食べたはずなのに、その後二ヶ月ぐらいたつと男の人から私に電話がある。実は彼女とあの後つき合っていたのに、この頃態度が冷たい。別れたい、とか言ってる。何とかしてくれっていう相談なのよ。このあいだも二対二でご飯を食べたら、私の男友だちが初めて連れてきた男性が、彼女にしつこくラブメールを送ったりしたのよー」

喋っている相手はテツオである。テツオが、

「たまにはうまい鮨でも食いたいなー」

というので私がおごってあげてるワケ。このあいだは、テツオのせいでテレビ出演をめぐって、すごーくイヤなことがあったが、こうして高級お鮨をご馳走してあげてる私は、なんて太っ腹なんだろ。

「だけどさ、魔性っていったい何だよー」

「それってさ、結局……」

ちょっとお下品な言い方になるので私は声をひそめた。

「もしかしてヤラせてくれるかもしれないって、男の人に期待をもたせる、っていうことなんじゃないのォ」

話はそれで終わり、私たちはタクシーに乗り込んだ。私を送ってくれる途中、テツオはぽつりぽつりと話し出した。

「このあいだのことだけどさー、あんたが友だちの魔性の女を連れてきたじゃん」

「そんなことあったっけ……」

「あったよ。それでオレが魔性の女を送ってあげたワケ。オレ、それまで彼女のこと、別にふつうの人じゃん。いったいどこが魔性の女だろうって思ってたけどさァ、あのタクシーの中で、あんたの言ってるわけわかったよ」

「えー、何、何！　何があったの⁉」

テツオはあの顔だし、昔からものすごくモテる。しかしそういうことをいっさい自慢しない男であった。その彼がこんなことを口にするのは本当に珍しい。

「いったい何があったの。手を握ってきたワケ！　それともしなだれかかってきたワケ⁉」

「いや、何もしてないけど、そういう雰囲気を発生させた……」

「それだけじゃないでしょ。教えてよ。〝後学〟のためにさ」

と言いかけてハッとする私。

「俺たちに明日はない」。古いなー。そう、その時私は、

「もはや私に〝後学〟はない」

ということをとっさに感じたのである。そうよねー、このトシでそんな魔性の手口を学んだっていったいどうなるの。

「いいわよ！　聞いたって仕方ないもん……」

力なく肩を落とす私に、テツオは言った。

「いやいや、ハヤシさんだってもうひと花咲かせられるよ」

高いお鮨をおごったので、みえすいたお世辞を言ってなぐさめてくれたのだ。

ところで私は、以前から会いたくてたまらなかった女性と会った。そう、魔性の女といえば今やこの人「壇蜜」さんである。

エロティックなことをいっぱい発言して、ばっちり脱いでも、なぜか女の人から嫌われないこの人。それどころか私のまわりでも、「壇蜜好き」という声は多い。

そしてこんなことは本当に言いづらいのであるが、男友だちから、

「ハヤシさんの目は、壇蜜の目と同じ」

と言われたばかりなのだ。

そんなに似ているか、実物にぜひ会ってみたいものである。ということで女性誌の対談を、一も二もなく引き受けたのである。

しかし実物は、いったいどこが似てるんじゃ。体はきゃしゃで私の二分の一ぐらい。ほっそりとしたうなじが、たまらなく色っぽいぞ。そして話す時は髪をさっとワンレングスにし、体を斜めにする。そしてうなじをこちらに向け、上目遣いにするワケ。女の私でもぞくぞくっとしたのだから、男の人だったらその場で襲いかかったかもしれない。

「ハヤシさん、これをどうぞ……」

とお土産をくださった。中には小さなタワシのキイホルダーとなぜかニベアが。

「これ、私がいつも使っているものなんですよ……」

ありがとうございます。壇蜜さんの美肌の秘密はニベアだったのか。ちょっと意外であるがうれしい。ありがとうねー。

そして彼女に尋ねた。

「こんなに魅力的で色っぽいと、男の人と別れる時大変なんじゃない」

「えぇ、首をしめられたことあります……」

私は感動した。究極の魔性の女というのは、男を犯罪に向かわせるものだったのである。

が、この時は感動しただけで、「後学」がいらない悲しさについては思いがいかなかった。

私は多くのことを多くの人から学んだ。しかし役には立たなかった。なぜなら機会が訪れなかったからである。実行することがない学びはいつか消えていく……。悲しいけど本当……。

五輪をきっかけに！

オリンピックを前にして、日本国中やたらはしゃいでいる。

週刊誌は「期待の美少女アスリート」という特集を組んでいるが、最近の十三、四歳のスポーツをやっている女の子って本当にかわいいですね。体がしなやかで顔が小さい。バンビという表現がぴったりする。

私はこういうのを見ると、スポーツに全く無縁だった自分の人生を省みずにはいられないの。走るのも泳ぐのも大っ嫌い。高校生の時いちばん熱望していたのは、

「早く大学生になって、体育の時間なんかなくなればいい」

というものであった。悲しいけれども肥満の礎はこの時にすっかり出来ていたワケ。

大学生になってからハンサムな先輩につられて、ついふらふらとテニス部に入ったけども長続きしない。どんな運動オンチだって楽しめるというゴルフも、私にはつらかった。グリーンに出るたびあまりにものろいのとヘタなのとで、

「もう一緒にやりたくない」

と人に言われるからである……。

そしてスポーツクラブや個人トレーナー、あらゆることをやったけど、ことごとく失敗してるのはこのエッセイの読者ならご存知であろう。

「うちに来るトレーナーなら、いくら何でもやるだろう」

ということで高いお金払って、出張トレーナーに来てもらった。だけど何だかんだと理由をつけてやらなくなった私。

このあいだまで隣りの街で加圧トレーニングをやっていたけれども、予約をとるのが次第にめんどうくさくなってきた。

こういう一連のことによって、私は次の結論を下した。

「たとえひと駅でも電車に乗るところはダメ。化粧をするのがめんどうくさいから」

「うちに来てもらうのもダメ。予約するのがイヤ」

「ということは予約制のジムもダメ」

「セレブがいっぱい来るような高級なところもダメ。人に見られるのがイヤ」

　ということは消去法でひとつしかない。それはうちの近くの駅前のジムである。ここならスッピンでタオルを首にまいててもOKだ。これは十年ぐらい前のことであるが、当時うちの駅の構内というのは駐車場になっていて、ヤンキーがよくたむろしていた。スケボーやったり煙草を吸ったり、ヒップホップを踊っていたりした。入会してみてびっくり。ヤンキーたちがここのトレーナーだったのだ。しかも案内してくれたフロントの女性が、

「うちの先生が」

　とか言って、こちらにも〝先生〟と呼ばせようとする。なんかイヤな感じで行かなくなっているうちに、このジムはなくなってしまった。駅ビルが大々的に建てかえられたからだ。

　そして新築なったビルには、有名チェーンのジムが入り、私はさっそく入会した。ところが行ってびっくり。街中の人が詰めかけたのではと思うぐらいのにぎわいで、マシーンの前に人が待ってる。私はあの条件にもう一文をつけ加えた。

「人の多いところもダメ。絶対にダメ」

　とのらりくらりしているところに、あのオーガストさんとの個人レッスンがあった

なっていることではないか。これで私の行かない理由は、
んですね。これを機に二年ぶりにゲストとして中に入り驚いた。人がすっかり少なくなっているではないか。これで私の行かない理由は、

「やる気がない」

というだけになった。

そしてオリンピック招致決定を機に、私も心を決めたのである。

「よーし、心を入れ替えよう」

ついでに体も入れ替わりたいが無理なので、このおニクをなんとかしたい。そして私は再入会したのである。

三日前ひとりで行ってきましたよ。そうそう、私が得たもう一つの条件。

「友だちと行かないようにすること。ダラダラお喋りするから」

というのがある。私はトレーナーの人にマシーンの使い方を習い、黙々とやった。

そう、オーガストさんは言ったっけ。

「マリコさん、だらだら自転車こいだり、走ったりするからイヤになるんですよ。マリコさんのやることは腹筋、それから腕痩せ、今教えた体重落とす運動、たった三十分でいいんですからね」

私はそれを思い出し、そそくさと済ませ、そそくさと帰ってきた。

そして昨日のこと、仲よしの隣りの奥さんとタクシーに乗って出かける用事があった。その時つい彼女の二の腕を見ちゃったワケ。自分のことは棚のいちばん上の見えないとこに置き、人のおせっかいをやくのが私のよくないクセだ。

「あのさー、これ何とかしたらー。私はこの頃駅前のジム通ってるよ（一回だけだけど）」

するとと彼女、

「えー、ホント。私も入会しようと思ってたの。ねえ、行こう、二人でまたやろう」

そうだわ、彼女とジム通いしたことを思い出した。もう一ヶ条。

「似たような体型、性格の人と一緒にジム行くのは絶対にダメ。一緒にダラけてく」

あなた、どこの子？

化粧品売場の見本の前に立つと、私はいつも緊張する。口紅を選びたいのであるが、いったいどうやっていいのかわからないのだ。

基本的にはピンクベージュ系をつけている私。ものすごくお気に入りの口紅があり、毎日つけているうちにチビてきてしまった。よって補充したいのであるが、このリップスティックの出どころがわからないのである。見慣れないパッケージ……、いったいどこのどなたさまだろう……。

これを探すため、某有名ブランドの売場の見本の前に立った私。みなさん、口紅買う時どうしてますか。不安じゃないですか？　本当に自分の求める色かどうかということが。

見本を実際に塗ってみる人もいるが、どうも出来ない。なので手の甲に塗ってみるがよくわからない。お店の人に頼むと、見本を少し切り取って試させてくれるが、あれもどうかしらん。神経質というのとはほど遠い私であるが、他人さまの唇が触れたかもしれないと思うと、ちょっと、いや、かなり嫌な気がするのだ。

であるからして、

「あたるも八卦《はっけ》、あたらぬも八卦」

とばかり、エイ、と二本買っちゃった。もし思った色と合わなくても、他のものと混ぜればいいし。

さっそく家に帰ってつけようとしたら、このリップスティック、どうやって開けるんだ。ひっぱってもびくともしない。強く押してバウンドさせるとやっとわかった。つけてみる。やっぱりイメージと違ったかも……マットすぎた。私はもうちょっとグロスっぽいものが好きだったのであるが。

ところでグロスといえば、この頃やたら唇がぬめぬめした人が増えたと思いませんか？　みんな叶姉妹のお姉さんみたいになっている。あれはどうもヒアルロン酸を入れ過ぎだと思う。タラコ唇とさんざん悪口を言われた私であるが、最近はトシのせいで薄くなり、カラスミぐらいになってきた。今は厚い唇が流行だというのに本当に口惜しい。だけど流行にしても、不自然に大き過ぎるあの人。

「ねぇ、ねぇ、アンジェリーナ・ジョリーって、やっぱりヒアルロン酸入れてんのかな」

「そうですねぇ……。やっぱり入れてんじゃないですか」

と言うのは、ヘアメイクのオモシタさんだ。雑誌やCMで大活躍している一流どころ。今日は雑誌の撮影で、私のヘアメイクをやってくれている。

「ふうーん、あんな人でもそうなんだ」

アフリカの難民のためにすごい活動をしたり、自ら監督をしたりしている知的なイメージとまるで合わない。あれだけ頭がよかったらヒアルロン酸の量について、もっと考えてもいいような気がする。

そんなことを考えるうち、オモシタさんのメイクは進む。ナチュラルなのだけれど、今っぽい雰囲気を出してくれて、しかもぐっと美人度を上げてくれるオモシタさんのメイクが私は大好き。

よくプロの手によってお化粧をしてもらう私は、気に入ったものがあるとメモして買うことがある。しかし口紅だけはダメ。なぜならプロの人たちは、パレットでいろんな色を混ぜてつくるからだ。

　だけど聞いてみよう。

「オモシタさん、すっごく気に入っているリップがあるんだけど、もうなくなりそうなの。だけどどこのメーカーのものかわからないの」

「じゃあ、においかいでみて。外資系のにおいがするかどうかでわかるよ」

だけど外資系のにおいかどうかなんて、私にわかるわけがない。

「えーと、外側は金ピカの四角いやつだよ」

「じゃあ、きっとサンローランだよ」

と出してくれたのであるがやっぱり違う。仕方ない、今度化粧品売場で探すことにしよう。

　オモシタさんに髪をやってもらっている間、私は今日出ることになっている女性誌を見た。「秋のメイク特集」やってる。それによると、今年（二〇一三年）のメイクは、唇から始めるんだそうだ。眉とかじゃなくて、まず唇を塗る。赤いリップだ。それから後のメイクを考えていくんだと。ふーん、これってむずかしそう。

「ふつうの人にはちょっと出来ないかも」

　とオモシタさんも言った。

しかしひと重の女の子が、ちょっと薄くアイシャドウをつけ、真赤な口紅をつけているというのは、とてもモードで可愛いと思う。

この頃、ひと重の女の子はめっきり少なくなったが、ひと重の女の子というのは本当に素敵。他の部分でおしゃれという条件がつくけど。

と、きいたふうな口をきく私であるが、生来の不精者《ぶしようもの》。めったに化粧を直さない。

「どうせすぐもの食べるもん」

という名目で口紅をつけることもない。化粧ポーチなんかいつも持ってくの忘れるから家の中で行方不明。レストランのトイレで隣りの人を見てていつも思う。

「キレイな人ってしょっちゅう化粧直してる」

よって口紅の消費量も多い。よって買い慣れてる。私のように売場で緊張することもないんだ。

人気者の流儀

今日は宮城県の被災地へ行ってきた。二年後の女川や石巻がどう変わったのか確かめる旅である。

そして案内役はいつものようにタチバナさんである。タチバナさんのことはもう何回も書いてきた。元一流商社マンで起業家となった彼は、二年前の大震災の直後、仙台の郊外に住むお母さんと妹さんの無事を確かめるためにやってきた。が、二人がいた避難所にはろくに食べ物がなかったので、友人とチームを組み物資を運んだ。そうしているうち、いつか彼は宮城を中心に大活躍するボランティアになったのだ。

単にボランティアをするだけではない。町起こしのためにもちゃんと企業をつくろ

うと決心する。そして漁師さんたちの会社を起こし、ホタテの養殖をして通販で買ってもらう。彼はメディアに出ることも多いので、こうした活動は知ってる人もいるかも。なにしろ「嵐」の櫻井クンそっくりの、さわやかなイケメンである。私としてもいろいろ応援するわけだ。今度そのタチバナさんが、ビッグプロジェクトを立ち上げた。被災地に子どものための、自然を学ばせる学校をつくるのだという。

その資金集めのために協力を頼まれた。多くの人から資金を集めるクラウドファンディングというやつで、協力してくれた人には、金額によってギフトをつける。そのギフトのひとつに、

「林真理子と人生相談をしてもらいながら豪華ランチを食べる権利」

というやつがあった。その権利はなんと十万円である。

「こんな高いの、寄付してくれる人いないよ」

と言ったところ、なんと三十六時間で定員の五人が埋まったという。

「ハヤシさんさすが、すごい人気ですね」

と言われたけど本当であろうか。不思議である。私なんかとご飯食べるのに十万円払ってくれるとは……。

うーん、私はまだ人に好かれることに慣れていないのかも。私を嫌いな人は世の中

にはいっぱいいるであろう。それはわかるような気がするのだが、私のことを好きだとか、大ファンと言われるとちょっととまどってしまうかも。

「いえ、いえ、私はそんなもんじゃありませんよ」

なぜなら私って、若い時は「人気者」なんかとはほど遠い存在。今でいうと「ウザい」という言葉がいちばんぴったりの女の子だったのである。よく仲間はずれにされたものだ。いろんな集まりにも誘われたことがない。それが今では「お夕食三ヶ月待ちの人気のマリコさん」。スケジュールはずうっと先までぎっしり。みんな私のことを、

「本当にいい人、楽しい人」

とか言うけどまあそんなに信じてはいない。人間、多少の有名人になれば人は寄ってきてくれるものだ。性格はそんなに悪くないと思うが、もの書きゆえに屈折してるし、ただの明るい人ではないと思う。

しかしこう言ってはミもフタもない。私はよく人に言う言葉がある。

「人間っていうのは生まれてきたら、自分の個性をつくり磨き、人から好かれる人になる。その道のりが人生っていうもんだよ」

どうやったら人に好かれるのであろうか。これは私が常日頃考えている難問である。

そりゃあ〝あまちゃん〟の能年ちゃんみたいに誰からも好かれる愛らしい女の子というのがいる。あのテの顔というのは誰にも嫌われない。

元フジテレビの高島彩ちゃんもそうですが「愛されるタヌキ顔」。肌が綺麗で目がちょっと垂れ気味、笑顔が可愛い。この顔は日本人なら大好き。性格もよさそうだし……。だから、

「何か文句あっか?」

と言われると困ってしまう。いや、何もありませんが、「得ですよね」とちょっと言いたいだけ。

では「愛されるタヌキ顔」に生まれなかった私たちはいったいどうしたらいいんだろうか。
①お金を遣うこと。
究極がコレ。ケチンボはやっぱり人に好かれない。この頃ゲーム感覚で節約が流行ってるが、やはり出すべき時は出さなくてはまずいです。私は若くてビンボーしていた時も、友だちの誕生日プレゼントはちゃんとしてた。自分よりも後輩にはちゃんとご馳走してたっけ。
②攻撃的にならないこと。

早口はとかくアグレッシブに見られる。まあ早口は仕方ないけれども、早口で悪口を言ってたら最悪。人のワルグチを言うなとはいわないが、そういう時はおっとりと淡々と。そして相手を選ぶこと。

③どこかヌケをつくる。

面白い人、と言われるための必殺ワザ。頭がいい人だがまだスマホを使えない。電車でよく反対に乗るとか自虐ネタをいくつか用意しておくこと。

④こうしたつまらん小技はいっさい使わず、孤高のヒトとなり泰然としていること。

まあ、人間見た目が九割という。能年ちゃんから遠い容姿をしていたら④がいちばんいいかも。それにしても十万円のご寄付ありがとうございました。ランチには、誰からも好かれるタチバナさんも一緒です。

こんなはずじゃなかった

プロポーズしてね

こんなにびっくりしたことはない。
親戚のA子の結婚が決まったのである。
「今年中に絶対結婚する！」
と彼女が宣言したのが、今年（二〇一三年）のお正月二日、親戚二十人が集まる新年会の席であった。とはいうものの、彼女は三十四歳である。東京ならどうということもないが、田舎で三十四歳ともなるとちょっと厳しいかも。そのうえ彼女って私と同じく、一族の呪われた血、そう肥満の遺伝子を受け継いでいるのだ。といっても顔は可愛いし、性格もいい。今どき珍しいぐらいピュアな女の子である。しかしなァ、お勤めもやめちゃったし、バイトで行ってるお役所はおじいさんばっかりっていう。

田舎はヤンキー文化盛んなところであるから、早く結婚し、バタバタと子どもを産み、そして離婚する、というのが主流である。A子みたいにお嬢さんで、やや嫁き遅れたというのはかなり不利だ。

そして次の日、お正月の三日、私は家の近くのスナックで、高校の同級生二人と恩師と飲んでいた。私は隣りのテーブルが気になって仕方ない。男の子八人ぐらいいるんだが、やけにおとなしくみんなコーラ飲んでいるのである。時おり聞こえてくるのは、

「ももクロってさあー」

というぼそぼそ話。みんな車で来てるのでコーラ飲むのは仕方ないとしても、この元気のないことといったらどうだろう。私の恩師、かつての体育教師も同じことを思ったに違いない。

「お前ら、どこの学校の卒業生だー」

と話しかけたのがきっかけで男の子たちと合流した。聞くと同級会で集まった彼らは、ほとんどが公務員だという。年は三十二歳だと。

「この中で独身でお嫁さん探してる人」

と言ったら、一人が手を挙げた。そのコを写メでパチリ。さっそくA子に送ったところ、

「感じのいいイケメン。会ってみたい」

と返事がきた。ということで二人を会わせたのが正月の十日。そしてこの秋の挙式となったのである。トントン拍子と言いたいところであるが、やや間があったのは、彼がプロポーズしてくれそうでなかなかしてくれなかったからだと。

お台場の観覧車でデートした時、やっと、

「結婚しよう」

ということになり、A子は嬉しさのあまり泣いてしまったという。

いい話ですね。私も本当に嬉しい。

私にも経験がある。今の夫と結婚するずっと前、まあ恋人が何人かいた。私はその中の二人とすごく結婚したかったのであるがうまくいかなかった。はっきり言えばプロポーズしてくれなかったのだ。

三十を目前にしていた頃だったので、私はそりゃあ知恵のありったけを絞りましたよ。私が結婚したがっているのがミエミエだから引かれているのだと思い、

「私は結婚なんかしたくないの。いずれはパリに留学するつもり」

とか嘘をついたり、他の男の人をにおわせたりと、まあ、いろんなことをした。そして今の夫を人から紹介され、あっという間に結婚となったわけ。

私は見合いとか、人に紹介というシステムはわりといいものだと思っているのであるが、未だに若い女の子には支持されない。

「見合いするぐらいなら結婚なんかしない」

とはっきり言うコは何人もいる。というのも、恋愛はわりとカンタンに出来るが、相手にプロポーズさせるというのはいかに至難の業かよく知っているせいであろう。

これだけ自分のことを好きだとか、愛しているとか言ってくれているのだから、当然結婚したがっていると思いきや、そうならないところが男の人の不思議さ。もちろんこっちから言ってもいいんですが、なんかやっぱりと思ってしまう。タレントのやべっちが、喧嘩《けんか》した後、テレビを見ていた青木裕子さんに「結婚しよっか」と言ったというのはあまりにも有名な話だ。ずっと同棲しているカップルだって、プロポーズは神聖で大切なものなのである。

そんな女の子の気持ちを汲んでか、私の親しい編集者、二十五歳の若い女性がこんな本をつくった。

『私たちがプロポーズされないのには、101の理由があってだな』

だと。なかなかうまいタイトルですね。

「わかった。私も思いつくわ。いかにも結婚したがってるそぶりを見せるの最悪。私は昔、彼に指輪をプレゼントされるたび、これ、エンゲージリングだよねって言ってドン引きされたもん」

「そうですか、えーと、本にはこういうのがあります。仕事で疲れている彼を誘ってイケアに行くのはNGとか……」

そうか、もう時代はビミョウに変わっているんだワと納得。

ところで「プロポーズされたら〇〇〇ィ」という結婚情報誌のCMが流れるたび、いかにも「待ってました」という感がするのはいかがなものかと思う私。男友だちが婚約破棄をしたことがあった。新聞ダネになるぐらい彼の会社が大変だった時、彼女がひたすら「〇〇〇ィ」を読んでいてなんだか気持ちが冷めたんだとか。いろいろ策略を練るが、心から驚いたふりをしてプロポーズを受ける。そして泣いちゃう。これは女の子の鉄則かも。

もはや伝統芸能⁉

本の宣伝のために頑張ったテレビ出演もひととおり終わった。ほっとひと息。

皆さん画面から見ていればわからないであろうが、まるっきりアウェイの場所に行くから気を遣う。知らない人ばっかりだし……。

「まあ、ここしばらくはテレビ出演はないわよねー」

気のゆるみは口のゆるみ。食べるなんてもんじゃない。禁断のお鮨も甘いもんもぱくぱく。日頃は出来るだけ炭水化物を食べないようにしているが、

「新米がおいしいから」

という名目でおかわりをする。

うちはお菓子のもらいものが多いのであるが、そういうものも今までじっと我慢していた。しかし「あまちゃん」を見ながらコーヒーとクッキーやお饅頭を食べるのが無上の喜びとなり、次の朝ドラが始まってもそれが続いている。

私はかねてから、

「ヘルスメーターは生きものである。のってあげないと怒って、その間に数字を上げる」

と言っているが、いくらお怒りになるとわかっていても、この頃のってない。怖くてのれない。

自分がすごい勢いで太っていくのがわかる。うちは水曜日にクリーニング屋さんが来てくれるのであるが、水曜日に出したスカートを、次の水曜日にはこうとすると入らないではないか。信じられない。

そんな時に、テレビ出演がばんばんと二つ決まった。それも高視聴率の人気番組である。非常にありがたいが、このデブになったカラダをどうすればいいのか。

「十日で痩せる方法はないものかしら」

必死で考える。いつものように肥満専門のクリニックへ行こうかしらん。しかしあ

そこのドクターに先日偶然出会い、

「あ、センセイ、すみません、本当に忙しかったもんで。近いうちに必ずうかがいます」

と必死に言いわけしたところ、

「もう、ハヤシさんはそのままでいいんじゃないですかァ……」

と冷たく言われてしまったしな。

ジムに行ってもいいんだけど、時間が本当にない……。どこがないんだ、時間じゃなくてあんたのやる気でしょ、と自分にツッコミを入れた後に青山のショップへ。

実は七月にテレビ出演のため、お洋服の大量買いをして、税理士さんから禁止令が出されているのだ。ゆえに三ヶ月以上お買物していない。デブになったら自然と遠ざかっていた。

そして久しぶりに行ったら、店員さんたちが大歓迎してくれた。

「ハヤシさん、すごいごぶさたですね。もう来てくださらないかと思った」

「いえね……、いろいろ忙しくて」

デブ&お手元不如意、これが私をショップから遠ざけた。そして試着してびっくり。いつものサイズだとスカートが入りません。

「ホックの位置を変えましょう」

と親切に言ってもらった。本当にしょげる私を励ましてくれるのは、いつもながらハタケヤマ。

「ハヤシさんは太るのも早いけど、痩せるのも早いから大丈夫ですよ」

ということでダイエット開始。朝はヨーグルトとブルーベリー、昼は野菜とゆで玉子。夜はワインはちょっぴりにして、パンやご飯は食べない……。

このダイエット話をもう何回書いただろうか。読む人もイヤになりますよね……。

ところがうちに来た編集者がこんなことを。

「福山雅治さんがどこかのインタビューに答えてましたけど、仕事が終わってオフの時はやっぱり太るんですって。だけどツアーが始まるとこれはヤバいって、ジムと食事で体を絞ってくって」

そうか、私ってプロのローテーションなんだ……。仕事のために体を絞る、って素敵な言葉ですね。

私はテレビの収録に備えて顔のマッサージを始めた。パックもした。が、カラダが……。そんな時、仲よしのサエグサさんに会ったら、顔がすっきり若返っているではないか。

「サエグサさん、どうしたの」

「いつもの断食道場行ってきたんだ」

私も行ったことがある。伊豆にある施設で、最初はニンジンジュースしか飲ませてくれないので確実に痩せていく。

「ボクはさ、四日間で四キロ痩せたよ」

これだ、と思った。

「私、家で断食やる。自分の力だけで」

「ムリ。根性なしのハヤシさんに出来るわけないよ」

しかし私は昨日からやってる。ニンジンジュース以外は口にしなかった……。つらいわ……。そう、お洋服のことを考えよう。さっき表参道のセリーヌの前を通ったら、ショーウインドウにチェックのワンピースが。今年（二〇一三年）はチェックがきてるんだわ。痩せたらあれ買ってテレビに出ようかしらん。いや、いや私はただのもの書き。芸能人みたいにおしゃれになることはない。だけど欲しい。やっぱり着たい最新モード。やっぱり間に合わぬダイエット。

進取の気性ゆえに

髪を濡らしたまま、寝てはいけないことぐらい誰だって知っている。キューティクルが壊れてしまうんだそうだ。

しかし私は、疲れ果ててよくこれをやる。夜遅くお風呂に入りシャンプーした後は、もはやドライヤーをかける気力が残っていない。それともうひとつ。

「明日の朝、どのくらいバクハツするか」

という楽しみがある。

私の髪は硬くて量が多いので、濡れたまま寝ると、次の朝の寝グセがものすごく芸術的になるのだ。左右、上下へと髪が勝手な方向に行き、それを見るのはとても面白

い。

しかし誰でも憶えがあると思うが、ひどい寝グセの髪はものすごくやっかいなものだ。水で濡らそうと、ブラッシングしようと、形が元に戻らない。学生の頃、「ウランちゃん」とか「ライオン丸」というあだ名がついていたぐらいだ。

この頃はトシのせいか髪がやわらかく量もふつうになり、昔のように前衛的な髪をつくれなくなったのは残念である。

その日も私はシャンプーしながら考えた。

「ドライヤー、めんどうかもー」

実はうちのバスルームは二階、ドライヤーは一階の洗面所にある。どうしてこういうことになるかというと、二階のバスルームの方の洗面所でドライヤーをかけると、隣りの寝室に聞こえる。

「うるさくて眠れない」

と夫からクレームがつき、それ以来一階に置いてあるわけだ。私がめんどうくさがるわけもおわかりであろう。

「ま、いいや。明日の朝、サロンに行けばいいんだし」

と、タオルドライしたままで寝てしまった私。そうしたら次の日、髪が元気よくはねていた。さっそくサロンに電話をかける。駅前のおニイちゃんが一人でやってるサロンは「マイ美容室」。なんと朝の八時半からオープンしているのだ。この時間帯はたいてい私のもので、横入りする人はほとんどいない……。

はずなのに、その日に限って午前中二人も予約が入っていた。仕方なく私は、応急処置をしましたよ。このあいだ買ったアイロンでウェイブをつくったつもり……。だけど慣れてないもんで髪はバサバサしてきた。

「ま、いいか。どうせ暗いとこに行くんだしさ」

実はその日、取材で東京コレクションを見ることになっていたのだ。コレクションといえば、たいてい暗いところで行われる。私の髪の毛なんか、そもそも見る人もいないし。

しかし始まるまでは明るい。会場の渋谷ヒカリエに行ったら、東京中のおしゃれな女の子という女の子が集まっているではないか。前列にはおじさんおばさんもいるが、その人たちはバイヤーとかプレス。でもみんなきちんとした格好をしている。私のように「フケたウランちゃん」はどこにもいない。中には、アバンギャルドな髪をしている若い人も何人かいるが、やはり寝グセとは違うものだ。

「髪で女は決まる、とか、エラそうなことをいつも書いているくせに恥ずかしい……」

と私は心から反省した。

が、私は私のカラダを使って時々実験してしまうことがある。ダイエットがいつも挫折するのも、私のこの〝進取の気性〟によるものが多いのではなかろうか。

たとえばおとといのこと。夜お鮨を食べに行く。親しいお店なので、

「私、例によって、ダイエット中だから、お鮨五貫だけにしてね」

とか言う。しかし私の大好物のコハダやアナゴが出てくると、

「これ、もう一貫握って」

と頼み、いつもと同じぐらい食べてしまう。そして酔って帰ってくると、大好物のチーズケーキが届いているではないか。

「これを食べてはいけないんだ。絶対に」

と私は思う。

「この頃炭水化物抜いてジムにも行ってる。だからちょっぴり痩せつつある。が、お鮨とチーズケーキを一緒に食べたら、一晩で体重はどれだけ増えるんだろうか。人間のカラダはどれだけ反応するんだろうか」

次の日は確実に一キロ増えてる。そして髪にドライヤーをかけずに寝れば、当然次の日寝グセになる。そういうことを十二分にわかっているが、つい試してみたくなる私は、ただのアホかもしれない。

そして今日、私はキッコ社長とお茶をした。知り合って日が浅いがすっかり仲よしに。彼女は最新の美容技術を教えてくれるのである。先日は教えられて瞼《まぶた》にレーザーをあてた。ゴムのコンタクトレンズで予防し、強いレーザーをあてたら、目元の弛みがなくなったではないか。〝マドンナリフト〟と言うそうな。

「マリコさん、このあいだ自分の血液を採って遠心分離器にかけたの。それを注射したらこんなに肌がピカピカに！」

とかいう話を聞くのはとても楽しく、タメになる。美容医療は自分のカラダで試す、その最たるものであろう。手術以外のことは何でも試そうと思う私だ。とりあえずレーザーでシミ取りしちゃおうかな。

コスプレ大好き♥

このあいだ何年かぶりに、マガジンハウスのハヤシさんに会った。テツオが連れてきたのである。

その昔、ハヤシ、テツオといえばマガジンハウスのイケメン両巨頭。どちらも身長が百八十センチあり、ケイオー卒で顔もいけてる。マガジンハウスの編集者だからもちろんおしゃれ。この二人がデニム（当時はジーンズと呼んでましたが）のポケットに手を入れ、社内で立ち話している姿は実にいいもので、

「思わず顔がほころんでくるわねー」

と私はよく言ったものだ。

しかし歳月がたち、久しぶりに会ったハヤシさんは白髪が目立った。とはいうものの、こちらは幸福な結婚をしている。かわいそうなのはテツオで、すねた独身のまま中年になろうとしている……。こんなはずじゃなかったと彼は思っているに違いない。

そこへいくと私なんか、フケてく速度がすごく遅いんじゃないかしらん。このあいだもある人から、

「ハヤシさんってずうっと三十代のイメージで停まってる」

って言われちゃったし。そうよねー、結構努力してるもん。ダイエット以外は。このあいだ人に勧められてお顔にレーザーをかけてもらった。

「肌が生まれ変わる二ヶ月たつ頃に、お肌がピカピカになりますよ」

と言われたら本当にそのとおりではないか。自分でもびっくりするぐらい肌理が細かくなり、もったいないのでファンデーションを塗らないことにした。このあいだ話したマドンナリフトで、目のしょぼしょぼもなくなったような気がする。

「もうひと花咲かせられるかしらね」

そういえばこのあいだから、お食事をしつこく誘ってくれる男性がいて、

「今、ダイエット中なのでもう少し痩せたらおめにかかります」

と返事したけど、そうよね、あれってもしかすると予感ってやつかしら……。

などとはしゃいでいるのもそれまでで、この頃の私は、確実にガーリッシュな服が似合わなくなっている。

スーツやジャケットをよく着ている私であるが、実は可愛いものも大好き。チェック柄やラインストーンやレースのついたもの、刺繡やヒカリモノ、フレアスカート、といったものに目がない。

ところがそういうものを買おうとすると、鏡の前でがっくりする。どう見ても、服と顔が乖離《かいり》しているのだ。

「もはや私には、フリルを着るという楽しみはないのかもしれない」

そう思っていたところに、きゃりーぱみゅぱみゅになるようにという厳命が下った。かの秋元康さんからである。

文化人のボランティア団体エンジン01は、十一月の末からオープンカレッジを開催することにした。約百八十人の講師が百十八のシンポジウムを繰り広げるのである。そして呼びものは、最後の日に行われる音楽祭。言ってみれば文化人カラオケ大会であるが、そこは秋元さんの演出であるから、さまざまな仕掛けがしてある。

そお、以前私がAKBを歌い踊った時は、後ろに本物の八人のメンバーをおいて、一緒に歌ったり踊ったりしてくれたのだ。あの時は本当に楽しかったなァ。衣裳は今でも大切に保存していて、テレビ出演の時になど公開している。

「マリコさん、今度はドレスをちゃんとつくろう」

と秋元さんは言ってくれた。

「ドレスにマリコ人形がいっぱい吊り下がってるのなんかどう」

といろいろ考えてくれる。

「やだー、そんなの恥ずかしい」

などと言うものの、根っからのコスプレ好きの私。

そう、この異常なまでのコスプレ好きというのが、私の人生にどれほど多くの楽しみと恥を与えてくれたことであろうか。いろんなものに扮してきた。日舞をやっていた頃、江戸時代の町娘やお姫さまに扮するのはあたり前であるが、それ以外に看護師とか、セーラー服の女学生、坂本龍馬の妻、昔の中国娘、西欧のお姫さまなどいろんなことをやった。

誰かに扮するというのは、誰かの人生をちょっとお借りするということであるが、これがすごく楽しい。もともと作家なんていうのは、誰かの人生をお借りしたり、想像したりしてモノを書いているようなものである。

そう、そしてきゃりーぱみゅぱみゅの稽古が始まった。「ファッションモンスター」と「つけまつける」のメロディであるが、彼女の歌というのは、リズムがむずかしいうえ、音程がとりづらい。しかし私は頑張り、少しずつふりも憶えてきた。

「ファッションモンスター〜」

こうやって踊っていると、私は本当に幸せ。

ＡＫＢもやった、ももクロもやった。あとはレディー・ガガでもしてみよっかな。

お腹の肉なんとかして。

マリコ流・夢のかなえ方

かつて
私の夢は
もちろん
美女に
なることでした。

このあいだ久しぶりに大学時代の仲よしに会ったら、

「よく一緒に医大のパーティーに行ったわネ」

と言われてしまった。

「あんたって結構がんばってたけど、うまくいかなかったわねぇ……」

私でさえ忘れていた過去の恥を喋るではないか。

そう、二十歳の頃の私の夢は、お金持ちかエリートと結婚したいという、実にアサハカな小さいものであった。そのために医大のパーティーにしょっちゅう行っていた。しかしグループの中のいちばん美人のA子に人気は集中し、私はいつも空ぶりであったと記憶している。

「ちゃんとしたカノジョいるけど、遊び相手ならしてやってもいいよ」

などと屈辱的なことを言われたこともあったっけ……。まあ、あんまり思い出したくないことが浮かんでくる。

が、あまり賢くない私も途中でわかるようになってきた。

「私のようなレベルの女は、〝玉の輿《こし》〟なんて夢を抱いてちゃダメ。自分の力でつくり出せる人生を、うんといいものにするんだ」

新書の『野心のすすめ』にも書いたが、こんなことを考えたって、私は数十社を落ちたどこにも就職出来ないフリーターであった。職はなくてビンボー、かわいくない、という三重苦を背負った私は、それでも夢をみた。その夢というのは、

「絶対に世の中に出てみせる。何だかわからないけどクリエイターとして有名になってやる」

ということだった。しかしクリエイターといったって、いったい何をすればいいんだ？　当時私は歌がすごくうまいと言われていた。歌手になったら、と勧めてくれた人もいる。というので、あるオーディションを受けたこともある。が、これは落ちる、という以前の話。リハーサルの時に全くピアノと音程が合わなかったのだ。

「いったい私は何をしたらいいんだろう。いったいどんな才能があるんだろう」

と探してやっと見つけたのが、文章を書くということであった。

ディズニー映画の「シンデレラ」を見ていたら「夢はきっとかなうもの」と百回ぐらい言ってたけど、そんなことはもちろんありっこない。夢がきっとかなうんだったら、世の中はお金持ちと有名人ばかりになってしまう。肝心なことは、みるべき夢と自分とのマッチングだ。いくら夢みたところで、私が女優や歌手になれるはずはない。いろいろ迷い、考え、そして失敗して、自分の夢を見つける。これが大切なんだ。

少女の頃にみていた夢、たとえば、

「アイドル歌手になる」

というものとはいつかサヨナラする日がくる。そしてもっと成長した夢、たとえば、

「スタイリストになりたい」

というものを手に入れたら、よし、とゴーサインを出す。それに向かってがむしゃらに進む。私はもの書きになりたい、という夢を持った時に、次のようなことをした。

①具体的なシーンを描く。

小説を書く以前から、私は友人にあててこんな手紙を送っていた。

「私が芥川賞をとった時は、二人でパリに遊びに行こうね。エールフランスのファー

ストクラスに乗ってね」

　この手紙を発見した時、私はこんなことを考えていた二十代の自分がいとおしく、ちゃんとエールフランスのファーストクラスでパリに行った。
②自分なんかどれほどのもんじゃーと思おう。
　努力しない人に限って、

「私はそこまでしたくない」

「ガツガツするの嫌い」

　と言うけれども、ああいうのって後でつらいよ。そういうことばかり言ってると、成功した人を嫉《ねた》んでやっかむ人生しかない。

「あの人って、昔からすごかったもん」

「売り込みがうまいのよね」

　私のまわりで、こういうことをスピッツみたいにキャンキャン言いたてる女がいるけど、中年になってからだと本当にみっともないと思う。夢に向かって進むなら、恥ずかしいことは何もない。自分なんてなんぼのもんじゃ、と思うこと。
③もちろん努力しなきゃね。
　努力しないでかなう夢なんて何もない。もしあなたがものすごい美人だったら話は

別で、

「友人のスカウトにつき添っていったら、なんか私の方がスカウトされて〜〜」

みたいなこともあるかもしれない。だけど自分でオーディションに応募しない限り、オーディションには受からない。そして人生のオーディションは山のようにある。

④明るく、明るく。

私は断言してもいい。成功した人で暗い人は誰もいない。夢がかなえられずにくすんでいる時も、明るくユーモアを忘れない人に運はやってくる。運というのは、人のひきたてといってもいいかもしれない。夢に向けて努力する時期は二十代まるまるだ。頑張るけれども、恋も忘れず、つき合いもよく、そして楽しく暮らす。夢みながら生きる時期は案外長い。グッドラック！

大足女靴探しツアー

先日、何年ぶりかで秋葉原へ行った。秋葉原といえば、そお、ＡＫＢ！

文化人の団体エンジン01が、今度甲府でオープンカレッジを開くことになった。その際、甲府音楽祭といって、メンバーがそれぞれの格好で歌うことになっている。私は激しい踊りがあるため、あらかじめ歌を録音しようということになった。

その音楽祭の演出をしているのが秋元康さんなので、ご好意でスタジオを使わせてくれたのである。もちろん一流のディレクターとミキサーさんが付いてくれた。楽しい経験ではあったが、ものすごく緊張した。

帰り道を歩いていたら、ものすごくおいしそうな鯛焼き屋さんがあるではないか。

三、四人が並んで焼きたてを待っている。しかし私はダイエット中の身、食べることは出来ない。が、このまま見逃すのはつらい……。

「そうだわ、これから打ち合わせに行くところにお土産に持ってきましょ。みんな喜ぶわ」

ということで二十四オーダー。焼き上がるまで五分待つという。その時店員さんが言った。

「お客さん、会員カードつくりましょうか」

「いいえ、結構です」

スーパーや薬局、ドーナツ屋さんのカードでもう私の財布はぱんぱんなのだ。

「でもお客さん、二十個でこのカードはいっぱいになるんですよ。そして鯛焼き二匹がサービスなんです」

「えっ、今、もらえるの⁉」

ということで、エンジン01事務局の女性と二人、お店の中のイートインであちあちの鯛焼きを食べた……。もう私がデブになるのは、運命がそういう風にまわってるとしか言いようがないでしょ。

そして太ってくると、足も次第に肉がついてくる、というのは皆さんもご存知であろう。靴が今までのサイズではきつくなってきた。そもそも私の足はデカい。それも幅広、甲高という最悪のパターン。以前ランニングシューズをつくるためにお店で計ってもらったところ、縦は二十三・五センチとふつうなのに横幅は二十五センチ相当という結果が出た。よって海外ブランドの靴を横で選ぶと、縦がぶかぶかしてくるワケ。

ついこのあいだのこと、あるファッション誌のグラビア撮影をしている最中、ふと女性編集長の足元を見たら、私と同じようなデカ足ではないか。

「ねえ、靴に困ってない？」

と聞いたところ、すごく困るという返事から盛り上がり、「大足女靴探しツアー」という企画が持ち上がった。

そして参加者は三人、銀座の四丁目で待ち合わせた。まずは「PRADA」へ行く。ここは私のいきつけのブランドですね。幾つか気に入ったのがあったのだが、

「あ、これ、青山店でサイズ取り寄せてもらったやつ」

ということで何も買わずに失礼。

次に行ったところはジミー チュウである。馴じみのないブランドだ。香港へ行くたびにショップをのぞくが、サイズは小さいし、きゃしゃな靴が多い。

ところが出てくる、出てくる。次々に積まれる私たちのための靴。実はこのツアーのため、一行の一人、ファッション担当のA子さんがあらかじめ下見に行ってくれていたのである。よって今日のために、日本中のショップからヨーロッパサイズの38・5、39が集まっていた。

私と女性編集長は、シンプルな黒のパンプスを履いてみた。香港のジミーチュウの靴のほとんどは、星のスタッズがいくつもついているが、東京店にはあまりない。こっちの方が私の好みである。

そしてブーツを何足も試したが、なんということであろうか、きついという以前に足が入らない。爪先でストップ。あまりにも甲高のため中に入っていかないのである。が、ジップ付きのものならなんとかOKだ。

編集長もここで一足お買い上げ。私は黒のパンプス一足にブーツ二足を買い求めた。贅沢なんて言わないで欲しい。私らデカ足女は、靴は見つけた時に大量買いしとかないと見つけるのが困難なのだ。

この後三人でランチをとり、私はああこのまま帰ってもいいかなと思っていたのであるが、

「エルメスにも行きましょうよ」

とA子さん。

「あそこにもお取り寄せお願いしときました」

エルメスねぇ……。あそこの靴は確かに素晴らしいがとてもお高い。以前私は黒のローファーを買ったが、あまりの値段にのけぞったことがある。が、予約をしてくれたということで、エルメスに寄ってみた。ここでブーツを試したものの、案の定甲高のため入り口でつかえてしまった。しかもエルメスって、白衣や茶色の作業衣を着た人が、倉庫から靴を運んできてくれるシステム。店員さんも上品でものすごくやんごとない雰囲気である。そしてツイードのレトロっぽい赤い靴を購入。これで冬の足元はばっちり。今度から私の靴にぜひ注目してほしい！

出直してまいります…

先日、久しぶりにお洋服を買いに行った。このあいだサイズの大きいセットアップを取り寄せてもらっていたので、それを受け取りに行ったのである。

しかし試しに着てみたところボタンがかからない。スカートはファスナーが上がらない。せっかく他店から取り寄せてもらったのに、全くらちがあかないのだ。

「ごめんなさい……」

試着室から出て私は言った。

「ダイエットして出直します……」

これと似たセリフ、どこかで聞いたことがある。そう、落語や講談をやる人がとち

ってどうしようもなく、

「勉強しなおしてまいります……」

と観客に向かって深々と頭を下げ、高座を降りるのである。名人といわれる人は、こうやって去った後、二度と高座に上がることなく、すぐに亡くなったとものの本には書いてある。

「プロとして恥ずかしい……」

という気持ちの表れが、この「勉強……」という言葉になったのであろう。

さてこの私であるが、芸能人ではないのでデブになってもそう恥ずかしいことはないと居直りの心があった。それが油断を招いたのである。

今年（二〇一三年）は新書がベストセラーになったため、いろんなメディアにひっぱりだこになった。

「第二次林真理子ブームだね」

と言ってくれた人もいたぐらいだ。しかし夏がすぎて秋になった。本の売れゆきも落ち着き、私の生活も落ち着いた。今年はどういうわけか、新米のいただきものが多く、各地のものを食べ比べたりしているうちに、どんどん体重が増えていった。

「だけどいいわ。もう今年はテレビに出ることもないし……」

とのんびり構えていたら、出版社からはっぱをかけられた。

「ハヤシさん、もっと本を売るためにラストスパートかけてくれなきゃ困りますよ」

というわけで、テレビ出演が次々と決まり、私は服を買いに行ったわけだ。しかしなんということだろう、今までのものが着られない……。

と嘆いていたら、おしゃれ番長との定評高い、元アンアン編集長のホリキさんが助け舟を出してくれた。

「ハヤシさん、私がスタイリングしてあげるわ」

と別のショップに一緒に買物に行くところからつき合ってくれた。

テレビの収録で、森泉ちゃんと軽井沢に行くことになっている。私としては新しいダウンを買って行くつもりだったのだが、

「ダウンはうんと太って見えるからダメ」

とホリキさんはきっぱり。

「寒くてもコートを着てね。それとブーツもやめてパンプスでね」

そこのショップでは、今年流行のチェックのスカートと、紺色のニットを買った。ホリキさんは、シンプルでふつうで充分だわ、と言った。

「ハヤシさんは作家なんだから、モードを追う必要はないわよ」

「だけど、この頃モデルみたいにおしゃれで、可愛い作家もいるよ。川上未映子さんとか、西加奈子ちゃんとかさァ」

「トシが違うでしょ。トシがさ」

そうですね……。

「ホリキさん、私、このニットをデビューさせたいんだけどどうかしら」

それは今年、香港のお買物ツアーで買ったランバンのニット。グレイで、胸のところに繊細なレースが透けている。

「これを着るために、肌色のキャミソール買っといたんだ」

「ステキだよね……」

しかしホリキさんは言う。

「テレビっていろんな人が見てるからね。肌色のキャミを着てても、下着が丸見えじゃん、って言う人がいるかもしれないよ。だからこういう上級おしゃれものは避けた方が無難」

そういえばこの頃、テレビに出ている人って、昔よりもずっとおとなしいものを着ているかもしれない。番宣やパブリシティのためにゲスト出演する女優さんたちは、トップモードに身をつつんでいるが、コメンテイターやレギュラーの人たちは、ふつうのブラウスや、どうということもないニットを着ていることが多い。

いろいろあった末、親切なホリキさんは、私の手持ちの服と靴をすべてコーディネイトして紙袋に入れてくれた。アクセも選んでおいてくれる。

そして収録の日、東京駅で初めて森泉ちゃんと会った。テレビで見るよりもずっと背が高く顔が小さい。ものすごーく可愛くて、九頭身の体型である。その横でよたよた歩く五頭身のおばさんが私……。

「勉強しなおしてまいります……」

あの言葉がふと甦る。が、これは勉強どころではない。生まれ変わらなきゃとてもムリ……。テレビに出るって、本当にリスキーなことですね。

美脚なワタシ♥

冬が近づくと、ホッとしたものである。

それは、夏、秋の間、何をはいたらいいか、という大問題から逃れられるからである。

肌色ストッキングはおばさんっぽい。しかしナマ脚というのも、どうもはばかられる。急に座敷に上がらなくてはならなくなった時のとまどいは、多くの人が経験していることであろう。

最初からそういう店だとわかっていれば、途中のコンビニで白いソックスを買ったりするのであるが、突然ふつうの居酒屋で、

「そこの小上がりにしよう」

なんて言われると本当に困る。

まあ、真夏は長めのスカートにナマ脚でしのぐ私は、冬がくると本当にうれしい。なぜなら黒タイツにフラットシューズという、私の大好きなファッションになるからである。

ところが今年（二〇一三年）になってから異変が起こった。夏でも若い人たちが肌色ストッキングをはくではないか。この方が脚をずっとキレイに見せてくれるということに、若いコたちも気づいたようである。

この頃デパートのストッキング売場へ行くと、びっくりするぐらい人が入っている。タトゥー柄のストッキングは、ものすごく種類も多い。このブームがもうちょっと早くきてくれれば、あの靴下メーカーは倒産することもなかったのにと残念ですよね……。

それはそうと、肌色ストッキングというのは、ピンからキリまであって、ピンの方が当然いい。どうせ伝線するもんだからと、私はよくスーパーで二足入りの安いものを買っていたのであるが、あれって色も透け感もイマイチだ。

私が信奉する君島十和子さんは、外国製のナントカというストッキングを愛用されているが、ちょっとお値段が高い。よって私はコンビニで売られている一足四百円ぐらいのにしている。私ぐらいのレベルならこれでいいかも。

　そしてこのストッキングをはいて、このあいだ大人買いした靴の中から、七センチヒールをはくと、私でもぴしっとするではないか。やっぱり女は、ナチュラルストッキングとヒールだとつくづく思う。

　そしてまあ、こんなことを言うと自慢っぽく聞こえるであろうが、この頃、

「脚がキレイ」

　と言われるようになった私。確かに高いヒールをはいていると、足首も締まって細〜く見えるかもしれない。

　その昔、友だちとケニアにサファリツアーに行った時、ショートパンツをはいた私を見てケニア人たちが集まってきた。そして私の脚を指さす。こんなに白くて太い脚を見たことがなかったようなのである。

　が、そんな屈辱の歴史があったと思えないぐらい、今の私の脚って細いかもね……。とひとりほくそ笑んでいたら、ドン小西さんが、「週刊朝日」のファッションチェックで、ある女性タレントさん（中年）のミニに関して、こんなことを書いているではないか。

「あまりにも短過ぎるのではないか。まあ、人間トシをとってくると、脚も細くなるからね」

えー、そういうことだったの！　私の脚が細くなったのってトシのせいなの!?　しかし世の中には、脚のぶっといおばさんがいくらでもいる。そう、私の脚がすーっとなったのは、駅の階段を使ったりしている努力のせいだと思いたい。

何よりも高めのストッキング（四百円ですが）につつまれた私の脚って、キレイに見える。価値があるように見える。女ってこういう気分になることが大切ではなかろうか。

さて前にもお話ししたと思うけれども、外国の男の人というのは、女の人の脚にものすごく価値を抱く。友人が言う。

「外国人と結婚する日本女性って、顔はどんなにひどくても、脚はすらーっと長くてキレイだよ」

このところ海外ブランドのPRの人や、大使館の女性と会うたびに、それ風のメイクをしている人に必ず聞く。

「失礼ですが、ご主人は外国の方ですか」

かなりの確率でそうですよという答えがあり、私はじーっと脚を見る。細い人もいるが、中には太めの方もいる。いちがいには言えないのではなかろうか。しかし共通しているのは、みんなナチュラルストッキングに高いヒールということ。ナマ脚の人もたまにいるが、それはイタリアンのご主人。そお、陽灼けしたテラコッタ脚ですね。が、こういうのはマダムのあかし。若いコだったら、やっぱりタイツにフラットシューズ、ブーツが可愛い。若いコというのは、顔が小さいので、こういう格好が本当に似合う。わーっとそのまま街を走り出しそうな格好は、冬にぴったり。

私はもちろん今年、チェックのスカートを買いましたよ。それから久しぶりにピーコートを取り出した。そう、トラッドというやつですね。この格好で表参道を歩く。ケヤキが色づいて本当にキレイ。もちろんストッキングやヒールも好きだけど、ぺったんこ靴にタイツで街を歩くと、なんか〝生きてる〟って感じがするの、私だけでしょうか。

異業種の引力

久しぶりに歌舞伎に行ってきた。演目は「仮名手本忠臣蔵」。そう、赤穂浪士ですね。そして最後の討ち入りの場面で、浪士たちがずらりと並ぶ。

その中にものすごいイケメンを発見。全員が同じ衣裳を着て、同じような舞台化粧をしていると、容姿の優劣はよおーくわかるものである。ひときわ目立つ長身に、はっきりとした目鼻立ち。

「あれは誰だろう」

目を凝らしたがわからない。最近の若い俳優さんはいろいろ出てきてるしな。しかしヒントはある。赤穂浪士の衣裳の衿にはさむらいの名前が書かれているのだ。そこ

には磯貝ナントカと書かれていた。そしてさっそくパンフレットと照らし合わすと中村隼人クンと判明した。ネットで調べると、もうブレイクしかかってるんですね。確かにドラマでこの名前を見たような……。

しかしファンを自認する若いコに言いたい。

「歌舞伎役者さんは、やっぱり歌舞伎で見ましょう」

昔のおさむらいというのは、それだけでセクシーなものだ。現代の若い男の子を演じるよりもぐっとくるかも。

「結局私って、スクエアな男が好きなのね」

その後、歌舞伎座裏のマガジンハウスでお茶を飲む私。ここは私の「サテライト事務所」。歌舞伎の前後はここで原稿を書き、コーヒーをとってもらい、ファックスを使いたい放題。よその会社の原稿も送るからひどいもんです。

しかし私の担当編集者、〝独身ハッチ〟ことハチスカ氏は、お菓子をいろいろ揃えて歓迎してくれるワケ。その日も私の大好物の空也の和菓子におとぼけ豆、クッキーを用意してくれていた。本当によく気がつく男の子なのに、どうしてお嫁さんが来ないんだろうか。

「私ね、なぜかおさむらいさんが出てくる映画やテレビにぞくっとするの。それもさ、主役じゃなくて、傍に出てくるおカタい、忠義ひと筋のおさむらい。こういう人も恋をしたりするんだと思うのが、いいのよねー。そうそう、私は昔っから、制服着てる男に弱いのよね。警官とか空港の職員、ワイシャツの上に作業服着てるエンジニアもいいわよねー」

「ボクは、歯科衛生士の女性に弱いんですよ」

とハッチは言った。

「制服着てマスクつけてるところがたまりません。あの格好だと目がすっごくキレイに見えるんです」

「わかる、わかる」

と口出しするのが、おじさんのテツオ。

「CAなんかにぞくっとするのはガキ。女はやっぱり歯科衛生士だよなァ」

「身近な感じもいいんですよねー」

とハッチ。実際歯科衛生士の女性とつき合ったこともあるんだそうだ。まあ、人によって好きな業種ってあるんですね。

実は私、エリート好きと言われるのがイヤで、あまり大きな声で言ったことはないけれど、官僚も大好き。お友だちは何人もいるし、独身時代結構デイトを重ねた男性もいる。

彼は灘高、東大、ハーバード大留学という典型的なエリート。バツイチというのもいい感じ。なぜなら、ぐっとお手軽になったという気がするからだ。ところが毎週デイトを重ねているのに全く進展なし。

「男と女が三回夜間に会って、それで何も起こらなかったらずーっと友だち」

というマリコ理論を越える、三ヶ月たっても何もなし。

「しかし夜間といっても、彼はアルコールが一滴もダメ。だから話が進まないのね」

と解釈していたら、彼はアルバイトに来ていた女子大生とつき合い始めた。四十のおじさんのくせに。どうやら若いコが好きだったみたいだ。

ま、今でも時々会う友だちですけどね。若い奥さんとはそううまくいってないとみた。いい気味。

ところで仲よしの担当編集者から電話が。

「ハヤシさん、私の同級生と合コンしませんか。久しぶりに会ったら、財務省の結構えらい人になってたんですよ」

彼女は東大の経済学部の出身である。官僚との合コン、いいですね。玉の輿を狙っていた若い時以来である。

ワリカンということでふつうの中華料理屋さんへ。やがていかにもエリートっぽい二人が登場。合コンといっても既婚者であるが、こちらも夫ある身の上で、ぐっと年上。まあ、あたりさわりのない話題が続く。しかし東大出ている人たちというのは、やはり頭がよくて、最近の政治の分析とか、経済の話がすごい。日大出身の私は、はじかれたような気分になっていく。

そして私は質問してみた。

「奥さん、いったいどういう方なんですか」

一人は東大の同級生で、やはり官僚をしているそうだ。なんかもうついていけない感じで、私は一人先に帰ってきた。

タクシーの中で一人考えた。昔はやはり私、パワーがあったな。違う業種の集まりにどんどん入っていけた。それは結婚相手を探すという名目もあったが、それよりも好奇心の方が強かったかも。

全く残念なことになったなァとため息をつく私。

なんとでもおっしゃい！

世の中は、コスプレ好きの人とそうでない人との二つに分かれるが、私はもちろん前者の方。

「〇〇してみて」と言われると、異様に張り切ることは、既に皆さんご存知であろう。

さて私が幹事長をつとめる文化人の団体、エンジン01というのがある。ここは毎年一回、各地で大きなイベントをする。オープンカレッジと言って百コマぐらいの講座やシンポジウムを開くのだ。そしてお金と余裕がある時は、最後の余興として音楽祭をする。言ってみれば会員のカラオケ大会なのであるが、秋元康さんが企画と総合演出だからそりゃあ面白いものになる。

私は二年前、この大会においてAKBをやった。秋元さんはこの時、研究生ではない八人のAKBの女の子を、後ろにつけてくれたのだから、贅沢なことである。この時に衣裳を、AKBの衣裳部でつくってくれた。もちろんAKBのメンバーの中に、私のサイズの人はいなかったからである……。

そして今年（二〇一三年）は、私の故郷での「甲府音楽祭」。

「マリコさんは、きゃりーぱみゅぱみゅをやってね」

と秋元さんから指示があり、歌にダンスと稽古を積んだ。四人の若いダンサーと動きを合わせるためにどれほど頑張ったことであろうか。

そして当日、用意された衣裳を見て私は声をあげた。

「すっごい、すご過ぎる」

どこから見てもきゃりーでしょ（ドレスが）。いろんな色が重なったカラフルなドレス。これに金髪のカツラをかぶり、ピンクの大きなリボンをつける。着てみると、デブのおカマのショーパブか、若めの草間彌生先生という感じがしないでもない。しかしみんなは「かわいい、かわいい」と誉めてくれた。

そしてコスプレ好きなのは私だけではない、ということを今回知った。

勝間和代さんは「レディー・ガガ」ということで、ボンデージに長い金髪のカツラをつけていたが、目鼻立ちのはっきりとした美人なのでとてもよくお似合い。英語の歌をばっちり歌った。

そして岩井志麻子さんはバニーガール姿。これは秋元さんの、

「岩井志麻子に、松坂慶子の『愛の水中花』を歌ってほしい」

という強いリクエストによるものだ。

もともと色っぽい岩井さんであるが、脚がキレイなことにびっくりした。ちゃんとイケてる！　しかも、

「舞台に出たとたん、頭が真白になってしまったわ」

ということだが、かなり確信犯的に腰を振り、扇情的な動きをしたようだ。最後に脚を拡げたりして大サービス。会場は騒然となったようだ。ようだ、ようだ、と続くのは、大トリの私は楽屋で最後の追い込み稽古をしていて、実際の舞台を見ていないからである。

しかし、

「シマコさん、すごかったー」

「子どもが見ているのに、いいのかよー」

とみんな興奮していた。

そして、私が以前やったＡＫＢを、今年は南美希子さんが演じた。私はこの方の姿がショックだった。なぜなら私とそう年が違わないのに、すらりとしたぜい肉のないボディなのである。現に、

「このＡＫＢの衣裳、篠田麻里子ちゃんが着ていたものなんですよ」

だって。私なんか特注だったというのに……。だから終わった後、

「ハヤシさん、持ち帰っていいよ」

と秋元さんから言われた。そりゃ、そうよね。これから先、私のサイズの女の子がＡＫＢに入ってくるはずないもんね。

そして今年も衣裳の女性が、

「ハヤシさん、きゃりーの衣裳どうしますか」

だって。私はいただくことにした。これから余興で呼ばれたら着ていくことにしよう。

しかしそれにしても、舞台は本当に楽しかった。本番に強い私は、ダンサーの動きにぴったりと合わせることも出来、場内は、

「カワイーー！」

「ステキー」

という大歓声があがったのである。

コスプレして歌ったり踊ったりする「完コピ」って一回するとやみつきになる。それはみんな同じだったらしく、自分の出番が終わっても衣裳を脱ぐことなく撮影大会が始まった。

サプライズゲストとして、キンタロー。さんもお出になっていて、彼女ともパチリ。素顔のキンタロー。さんって、小柄なとても可愛らしい方であった。

そして勝間レディー・ガガともパチリ。

「マリコさん、これ私のツイッターにいいですか」

もちろんと気軽にOKしたのであるが、これが拡散してえらい騒ぎになった。衝撃のツーショットとして日本中かけめぐり、ヤフーニュースにもなったぐらいだ。コメントを見たら大ヒンシュクの嵐。

「こいつら誰もとめなかったか」だって。ふん。コスプレはあくまでも自己満足の世界。なんて言われてもいいいんだもん。

誘われちゃうから

ここんとこないぐらいのデブになっているのがわかる。もう洋服なんか去年のがきつきつになっている。コーディネイトしようにも、ボタンのかからないものが続出。

先月、「大足女靴探しツアー」に行ったことは既にお話ししたと思う。四足も買っちゃった。しかし足というのは確実に肉がつくんですね。流行のブーツが、夕方になると突然拷問靴に変わる。

「イタい、イタいよー」

ということで、替えの靴を持ち歩くようになった。しかしそれもめんどうくさくな

り、この頃はさんざん履き古したものばかり履いている。それもそろそろ捨てようかなァと思うぐらいばばっちいやつ。こういうのはつい手入れもおろそかになり、脱いだりするとものすごく恥ずかしい。

つい先日、ある事務所を用事で訪ねたら、ふつうのマンションで靴を脱がなければならなかった。中敷きも薄汚れた靴を人に見られたら大変と、誰よりも遅く部屋に入り、誰よりも早く玄関へと走った私である。

このところグラビアに出ることも多いのだが、それを見るの本当にイヤッ。自分が出ているテレビの録画は、まだ見る勇気がない。それならばダイエットしろ、と人は言うであろうが、それが出来なくてこんなに悩んでいるのである。仕事が忙しくて忙しくて、ダイエットに向かう心の余裕がない。楽しみといえばおいしいものを食べることだけ、という生活が続いている。

そう、私は本当に誘いの多い女。

「あそこのお鮨、食べに行こうよ」

「新しくなったカンテサンスの席をとったよ」

「フグの店を予約したから」

というメールや電話がいっぱいくるワケ。

中でもいちばん魅力的だったのは、

「一泊で福井に蟹を食べに行こう」

というものである。ご存知のように山国生まれの私は海産物に目がない。お鮨は大好物だし、フグ、エビ、蟹、といったものが大好き。飛行機に乗って越前蟹を食べに行くというのは、贅沢だけど大人の遊びっていう感じで素敵ね。

一人で行くとあーだ、こーだ言われるので夫も連れていくことにする。しかし夫は、

「そんな集まり、行かねーよ。サラリーマンの僕が、キミの友だちと話合うわけないし」

と頑《かたく》なだ。しかし誘ってくれた人が、

「蟹だよ。日本でいちばんの蟹なんだよ。本当にすごいよ。食べないと一生の損だよ」

と夫に電話をかけてくれたらしい。直前に夫婦で行くことになった。

しかしここで問題が。この日ロオジエのランチを約束していたのである。ロオジエは銀座にある、日本で一、二を争うグランメゾン。このあいだ新築なってリニューアルオープンしたばかりだ。みんなここの席を欲しがっている。が、友人がなんとか予約に成功し、六人のテーブルをとってくれたのだ。

テツオも、この連載の担当者ハッチも参加することになった。ライターのイマイちゃんも、ツアー会社社長のカズコことムライさん（男性）も。ハッチを除いて、みんなドバイへ行った時の仲間である。こんな楽しい会なのに、私はこのことをすっかり忘れていたのである。

「どういうこと。まさかキャンセルするわけじゃないでしょうね。プラチナシートなのよ」

カズコに怒られ、ランチも食べ、蟹も食べることに。

まずは昼の十二時から食事をはじめ、二時に終えて店を出る。そのまま車をとばし羽田へ行き、三時十五分発の小松行きに乗る、というスケジュールをたてた。夫とは空港で待ち合わせをした。

他の友人たちは先に行ってもらうことにした。

さて蟹を食べる三国温泉は、福井の東尋坊の近く。小松空港から一時間もかかる。旅館についた時は、陽はとっぷりと暮れていた。お風呂に入る間もなく浴衣に着がえて、宴会場へ。六人で思う存分、蟹とお酒を楽しもうという趣向である。

私なんかすっかりお化粧を落とし、すぐにも眠れる態勢をとった。そしてまずはビールで乾杯。そのあとはやはり日本酒を飲む。いくらでも飲む。

そこに越前蟹が登場。あまりの大きさと見事さにびっくりした。甲羅の大きさが、このデカ顔の私と同じぐらいなのである。

「水槽の中から、大きいのを六ぱい選んだんだよ」

と友だちが言う。ここの旅館では捕った蟹を、泥を吐かせるため、一ヶ月真水の中に入れておくんだって。そしてその蟹の身の甘いことといったらない。何もつけずにむしゃぶりつき、その合い間に銘酒「黒龍」を流し込むという至福の時……。しかしとても食べきれる大きさではなく、半分東京に持って帰ることにした。

そして次の日、支払いをしようとして、ワリカンにした額のすごさに、私は声を失った。反感をかうのでここではとても言えない……。いっときの快楽のために、お金は減り肉は増える私。が、この快楽がどうしてもやめられないのだ。私は〝ヤク中〟ではなく〝食中〟なんだもん。

「やらせろ！」の威力

先週久しぶりに、札幌に講演に行った。無事に終わり、夕食のために移動しようとしたら、外はすごい吹雪になっているではないか。

「こんなのはこの冬初めて」

と地元の人も驚いたほどだ。猛烈に雪が降り、風が強いために横なぐりになっている。二百メートルほどの距離なのに前に進めない。目の前が真白になり、何も見えなくなったのだ。大都会だというのに、この冬の脅威。

「遭難するよー。歩けないよー」

やっとお店に着いた私は、雪ダルマと化していたのである。

食事している間に、千歳までの国道が封鎖されたという情報が入り、急きょJRにした。ラッシュを過ぎていたがホームも電車も人で溢れかえり、やっと空港に着いたと思ったら、乗るはずだった便は二時間半の遅れだと。

しかしこういうハプニング、嫌いじゃない。

売店で本を買って読むことにする。本当は仕事関係の本を持ってきたのであるが、それよりも楽しく面白いものがいいな。ということで選んだのが、西原理恵子さんが最近出した『いいとこ取り！ 熟年交際のススメ』というもの。

あの高須クリニックの高須院長は、サイバラさんの大ファンにして親友だとは知っていたが、色恋抜きの関係だと思っていた。それなのに最近交際をカミングアウトしてびっくり。

「これって、サエグサさんと私がデキてるようなもんじゃん！」

と思わず叫んだ。作曲家の三枝成彰さんと私とは、週に三回ぐらい会うこともある仲よしであるが、もちろんそんな仲じゃない。高須先生とサイバラさんも、そうだと思ってたが……ふーむ。

本によると、本当に疲れてベッドに横になった高須先生を、サイバラさんがケリを入れて「やらせろ！」とわめいたそうだ。相手はさすがに大人の対応をして、

「そういうことをするつもりはない」

とか言い身を守ったそうであるが、サイバラさんは、「ふざけんなー」と襲ったという。そして高須先生はその日から、サイバラさんの虜《とりこ》となったようなのである。すごいテクニックだ……。サイバラさんとは三、四度おめにかかっただけであるが、可愛らしい美人で才能があり、成功した女の人が持つオーラに溢れている。モテるのはあたり前であろう。が、男運はあまりなかったようで、本によると修羅場もかいくぐっている。

だからといって男の人に「やらせろ！」とケリを入れるというのはふつう出来ることではない。私はすっかり感心してしまった。

サイバラさんは元ヤンらしいが、たいていの場合、ヤンキーはずっとヤンキー。せいぜいなって美奈子である。が、サイバラさんはうんと努力して、人気漫画家になった。とはいうものの、昔のヤンキー魂は残っていて本気になったらケリを入れるのである。

ヤンキーの魂と、今の成功した女の魅力。この二つを持っていればもう怖いものは何もないのではなかろうか。

「やらせろ！」

ホントにすごい……。自信と本気がなければ言える言葉ではない。ふつうの女だったら、せいぜいが甘えたふりをして、「して」とか「ねえ」とかのおねだりであろう。が、それもかなり親しくなってからだ。初めての時というのは、ほとんどの女性が、男性からの誘いを待つのではなかろうか。

ある時、若い女友だちを食事に誘ったら、

「その夜は、たぶんすると思うからダメ」

と断られた。

キスまでいった彼が、急に一週間の海外出張に行くことになった。帰った日の夜は空けておいて、と言われたそうだ。

「そうなったら、その日は当然するでしょう」

「そりゃそうだ」

エステに行き、うんとおしゃれをし、海外ブランドの下着をつけてのデイト。誰もが経験すると思うが、本当に楽しいわくわくの日。もうこちらも心構えも出来、手順もちゃんとわかっている。あとはどういう風に誘ってくれるか待つだけ。もちろんちゃんとスムーズにいくように、こちらもいろいろ考えてあげるわけ。ビルの間の死角とか、エレベーターがない暗いビルの階段とか、それが女の知恵というもの。

が、あちらがぐずぐずしていたらどうするか。「ふざけんな」と心の中で悪態をつくのが、せいぜい。「やらせろ！」とケリは入れないだろう。

が、私に本当に好きで好きでたまらない人が出来て、あちらも私がヒトヅマだからと遠慮していたら、「やらせろ！」とケリを入れるかも。全身全霊で「やらせろ！」と叫ぶような男に会ってみたいものだ。私は雪が吹きつける窓ガラスを見ながら思ったのである。

非〝菓子〟三原則

ある日、一通の手紙が私のもとに届いた。ファンレターであろうと、封を切って読み始める。

「こんにちは。この頃よくテレビに出ていますね。それをきっかけに昔読んだハヤシさんの本を読み返してます」

〝読み返す〟という言葉にいささかひっかかる。そうよ、この美女入門だって単行本がいっぱい出てるのでちゃんと買ってほしいワ。

問題はその後だ。

「テレビを見て、あ、この人またダイエットに失敗したなァと思いました。私ならあ

神さま、
私をどうか
デブからお救い
くださいい…!

なたを美しくしなやかな体に変えることが出来ますよ」

スポーツトレーナーだと。履歴書と写真が入っていた。お気持ちは有難いですが、フン、嫌な感じ。デブになっているのは自分がいちばんよく知っている。洋服がどんどんきつくなっているばかりか、足にもお肉がついてブーツなんか途中でリタイア。

ふつうならこのへんで本格的にダイエットを始めるのであるが、とにかく忙しい。日々のスケジュールをこなすのに必死で、ダイエットをする心の余裕がない、ということに加え、

「もうトシだし、デブキャラでいいかも……」

という甘えがあったのは本当である。しかしこれじゃ本当にまずい……と思いながらついずるずると日をおくる私。

なにしろ食べるのだけが楽しみとなり、ランチ、夕食とスケジュールがびっしりと入っている。そしてうちはいただきもののお菓子がすごく多いのだ。それも駅前の〇ージー〇ーナーで買ったシュークリームとかいうもんじゃない。

「ハヤシさんのために行列したんです」

「わざわざ買いに行ったんです」

という人気菓子ばかりである。特に秋元康さんからよくいただく、中里の揚最中《あげもなか》と

きたら、もう人のココロをとらえるおいしさである。あんことパリっと塩味がきいた皮のおいしさときたらなんともいえない。

それから高知の人からいただく芋ケンピ。これも困りもんですね。二本だけと自分に決めてもそんなことが出来るわけがない。五本、六本、七本〜〜と、番町皿屋敷のようなことが起こり、ついには袋を半分ということがしょっちゅうだ。

ついに私は決めた。

「お菓子は家に持ち込まない。持ち込ませない。つくらない」

ということで私はもらいもののお菓子は、「右から左へ」作戦をとることにした。そう、もらいもののお菓子は、包みを破らないまま、近所の本屋さん、ペットショップ、美容サロンやお洋服のショップの若い人たちにあげることにした。このあいだはテツオが来て、

「こんなにお歳暮きてんじゃんか。なんか寄こせ」

と言うので、送られたばかりの芋ケンピを渡しましたよ。中里の揚最中だけは、こっそりと自分だけで食べちゃったけど、一緒に入ってたどら焼きはお客さまに出すようにした。

ところで二日前のこと、東北の方から帆立貝とタコの足をいただいた。タコはお刺

身で食べてもおいしいが煮つけが私は大好き。確かやわらかくするには、小豆と一緒に煮るんだったわ……そう、キッチンの戸棚に眠ってる小豆の袋があったはず。それを使おう……。

ところでここで話は全く変わるが、私の友人A氏はものを書く人であるが、原作を提供したのがきっかけで俳優B氏と仲がいい。このB氏の名前を言えないのが残念であるが、超イケメン、超人気者と思っていただきたい。私はしつこくA氏に、

「ねぇ、Bさんに会わせてよ」

と頼んできたのであるが、ついに彼から、

「今度ご飯食べるから、来てもいいよ」

というお声がかかった。うれしい。みんなにも言いふらし、うらやましがられ、その日がくるのをどれほど楽しみにしていたであろうか。

さてその日、小豆とタコを煮た私。タコは確かに煮えたけど、やわらかくなったようなならないような……。それよりも小鍋いっぱいの小豆どうするんだ。食べ物を捨てるのが何より嫌いな私。

「そうだわ、ぜんざいをつくろうー」

「お菓子三原則」の、「持ち込まない、持ち込ませない」の他に「つくらない」とい

う一文があるのを忘れてた。しかも小豆は最初からそのつもりがなかったので、やや固くふっくらしてない。しかし、

「小豆って便秘にいいのよね」

という名目のもと、かなりの量食べた。

そして悲劇が私を襲った。午後から立っていられないぐらいの腹痛が起こったのである。七時にはB氏との会食が待っている。私はベッドに横たわり「呪いじゃ〜」とつぶやいた。皆に自慢したので誰かが嫉妬したに違いない。しかし行く。這《は》ってでも行く……。あ〜、もう六時……化粧が、着替えが〜〜。私は気力で立ち上がった。固い小豆に負けてたまるか〜〜。

それってヘンよ

限界まで太ったことを悟った私は、〝新春ダイエット週間〟に突入した。今度は本気。なぜならばもう着るものが本当になくなったからである。ジャケットはボタンがかからず、スカートはファスナーが上までいかない。

こんな時に浅丘ルリ子さんのお芝居を見に行くのは本当につらいことである。いいえいえ、私はルリ子さんの大ファン。伝記を書かせていただくにあたってそのお人柄に触れ、ますます好きになった。〝男前〟というのであろうか。気っぷがよくて常に凜《りん》としている。そのくせ恋多き可愛らしい女性だ。そしてあの美貌は衰えることもなく、今は舞台を中心に活躍されている。ルリ子さんの今度の舞台は、テネシー・ウィリアムズ原作だ。共演は私の大好きな上川隆也さん。面白いに決まっている。

が、ここで問題が。お芝居の後、ルリ子さんの楽屋にご挨拶に行くのが習慣だが、ここで厳しいチェックがあるのである。

「マリコさん、ちゃんとダイエットしたわね」

とほめていただくこともあれば、

「ま、マリコさん、またリバウンドしたわね。ダメじゃないの」

とお叱りをいただくこともある。なにせルリ子さんは三十五キロ。三十五キロですよ。信じられないような体重である。三十五キロの人から見れば、どんな人だってデブに見えると思うのだが、やっぱり私は本当のデブですかね……。

ところでこのお芝居は、セリフもものすごく多く、動きも激しい。大変な体力を遣うだろう。楽屋にうかがってそのことを告げたら、

「そうなの。このお芝居始まったら二キロ痩せたのよ」

だって。三十五ひく二は、三十三キロ！　ひえーっ。私の……いや、いや、比較するのはよそう。

そしてルリ子さんは私のお腹のあたりをじっとご覧になり、

「ちょっとォ、どうしたの。また太ったわね」

とおっしゃった……。

そう、これも私の決意を大きくうながす、いち要因となった。

それにしても、先々週ぐらいは最悪だったかもしれない。デブのむくみに加え、新しい化粧品を使い始めたら、このデトックス効果がすごく、顔はシワシワ、カサカサになってきたではないか。それどころか口のまわりに色素がたまって浅黒いアザのようなものが出来た。親しい人が、

「あなたの夫って、もしかしたらDVなの……」

と聞いたぐらいだ。本当につらい日々であった。一ヶ月たった今ではお肌のキメも整い、リフトアップ効果もあったような気がするのであるが、人間、外見が落ち込むと心の中もとことん落ち込むということをつくづく知った。

だから私は、整形もアリかな……とこの頃思うようになった。ヴァニラみたいなのはやり過ぎとしても、それで気持ちが明るくなればいいじゃん……とまあ、模範解答みたいなことが口から出てくるわけ。

が、私はたぶんしないと思う。なぜなら整形というのは、若い時にちょっといじるのはいいとしても、私のトシだとリフティングという要素が加わってくる。それの失敗例をいくつも見ているからだ。

私よりいくつか年下のA子さんは、頭もよく、国際的なお仕事もいくつかしている。非常に魅力的で私は大好きな女性なのであるが、美人かどうかと問われれば、うーん、ちょっと違うかも。恋愛はいっぱいしてるらしいけど未だに独身だ。

この方のお母さまと、ある会合でばったり会った。そうしたらびっくり。お天気について話すような口調で、

「そう、そう、A子がつい最近整形したんですよ。すごく綺麗になったんでぜひ見てくださいね」

だって。

そして、それからしばらくして、彼女とご飯を食べることになった。胸がドキドキした。だって顔が変わった女の人に、どう接していいのかわからないんだもの。それは他の人も同じだったらしく、

「A子さん、おなおししたね」

「ものすごく変わったね」

と彼女のいない帰り道、話題はそのことでもちきりだった。が、正直言うと、目元を不自然にひっぱり過ぎ。それから唇を厚くさせすぎ。たぶんヒアルロン酸を入れてると思うのだが、アンジェリーナ・ジョリーの唇をちょっと薄くしたぐらいの、ぼっ

てりぬらぬら唇にしていた。それが彼女の知的な雰囲気と合わない。唇が特にミスマッチ。働く女がこんな官能的な唇にしてどうするんだ。

「その整形ヘン。前の方がよかった」

みんなは私から彼女に言え、と言うのだが、とてもそんなこと言えない。見て見ないふりをするだけだ。私はデブと言われると傷つくけどすぐ立ち直る。デブはダイエットすればすぐに直る。が、整形した顔はもとには戻らない。みなさん慎重にね。こう言うからには私もデブを直します。

マスクの功罪

よく芸能人が、成田空港に降りたつ時、マスクをしているけれども、あんなことしなければいいのに、といつも思う私。

スターらしくばしっと、にこやかに乗降口から出てきてほしいと思うのは私だけでしょうか。

「フライデー」に撮られる時もある。キャップをかぶり、マスクという完全武装をしていても、スターのオーラは少ない面積からもキラキラ出てくるから本当に不思議だ。

私のようにミーハーを何十年もやっていると、どんなところでも鋭く察する力が備わってくる。ついこのあいだのこと、羽田をひとりで歩いていたら、向こうからやはり毛糸のキャップを深くかぶり、マスクをしている人が歩いてきた。隣りにはマネージャーらしき人も。おじさん体型であったが、私はすぐにわかった。

「芸能人だ」

じっと見つめたら、向こうもマスクをとって挨拶してくださった。対談で一度だけお会いした有名コメディアンであった。

ところで私も時々、風邪気味でマスクをすることがある。するとこんなに便利なものがあるだろうかと思う。冬のこととて、コートはボロ隠し。そしてマスクも同じ。化粧をしていなくてもマスクをしていればへっちゃらさ。

そして私はすぐに反省するようになった。もともとズボラな私が、こんなことばっかりしていてどうする。ここんとこ着たきりスズメの、シミつきセーターにデニムという格好ばかり。それというのもダウンを着るからである。これで平気で次の駅ぐらいは行く。

そしてまるっきり化粧をしないで電車に乗るようにもなった。マスクのせいだ。本当によくないことだと私はマスクをしないようになったのである。なぜなら、こんなことを言いたくないのであるが、顔がデカい私は、マスクの紐が短くていつもきつい。耳が痛くなってくるのである。メーカーは「花粉症用」「化粧が落ちないマスク」と次々開発してくれるならば、「デカ顔用」もつくってほしいと切に願う。

さて、こんなことも自分の口から言うのは本当に恥ずかしいのであるが、私ぐらい親切な人はちょっといないと思う。親切というよりもおせっかいか。通りすがりの人でも喜んでもらうと嬉しくてたまらないのである。

つい先日、ちょっと家を出るのが遅くなり、いつも行く地下鉄でなくタクシーで明治座まで行った。若い運転手さんは興味シンシン。

「あの明治座ですか！　お客さん、歌舞伎見るんですか」

「いいえ、そうじゃなくて時代劇よ」

「誰が出るんですか」

しつこく聞いてくる。

「○○さんと△△ちゃん」
△△ちゃんというのは、元アイドルの女優さんだ。
「マジすか、すごいですね」

彼は興奮し始めた。

「ボク、△△ちゃんの大ファンなんすよ」

「あのコは本当にいいコよね。可愛いし性格もいいし」

「お客さん、知ってるんですか」

「もちろん。終わった後、楽屋に行くことになってるし」

こういう時、つい自慢するのが私の悪いクセである。運転手さんはしばらく黙り込んだ。

「お客さん、お芝居何時に終わるんですか」

「そうねえ、三時半ぐらいじゃないかしら」

「僕、劇場の前で待っていていいすか」

「そりゃいいけど、今から四時間も待ってもらうの悪いし」

「いいですよ、そこらへんで流してますし」

なんと自分のケイタイの番号を押しつけるではないか。そして明治座に到着して、
A子ちゃんと席に座る。A子ちゃんと△△ちゃんは大の仲よし。彼女の公演のために、
A子ちゃんは今日青森から上京しているのだ。

私は劇場でパンフレットを買い、それを持って楽屋に入った。そして△△ちゃんの
写真のところにサインをしてもらったのである。

「これ、運転手さんにプレゼントしよう」

ところが劇場を出ても、彼の車は待っていない。A子ちゃんがケイタイにかけたと

ころ、もう十分間だけ待ってくださいとのこと。

もう寒い日で外に立っていると足元から凍ってきそう。目の前をタクシーが何台も通るのに乗れない悲しさ。なんで約束したのか、自分のおっちょこちょいが悔やまれるほどだ。

「ほんとに寒い」

A子ちゃんは青森から出てきたので厚着をしている。毛皮のキャップをすっぽりかぶりマスクをしていた。まだ若くてスタイルのいい彼女によく似合っていた。

結局十五分待って車がやってきた。

「はい、これ△△ちゃんのサイン入りプログラムよ」

と彼に手渡したら大喜び。そしておそるおそる聞く。

「あの隣りにいる人、△△ちゃんじゃないすよね」

まさかそんなはずないでしょと笑ったけど、彼が言うには、キャップにマスク姿の女の子を見た時、もしやと胸がときめいたそうだ。罪つくりなマスク……。

耕してナンボ

着ているものはいつも黒か紺のパンツスーツ、そして顔はシワシワ。ふつうだったら、

「もうちょっと身のまわりを構えばいいのに……」

と言われるところ、

「さすがセレブは違うワ」

と誉められるのが、このあいだ着任したキャロライン駐日アメリカ大使である。私はなかなかチャーミングな方だと思っているのであるが、あのシワはナンカした方がいいのではないか……。ヒアルロン酸を入れるまでもなく、ちょっとエステに通えば、

あれほどひどいシワにはならないはず。

しかしこのあいだまで、いや、今も「美魔女」とか言って、年よりもずっとキレイな女性でいることを奨励してきたマスコミが、

「シワがある方がカッコいい」

ようなことを言うのはおかしなことである。

もちろん私は、私なりに悪あがきをしている。メスを入れたり、切った貼ったはしていないけれども、このあいだはお注射してもらい、最新のレーザーをかけてもらった。太ったのが幸いしてか、このところ肌がピンとしていていい感じである。

それから最近化粧品を変えたのも、よかったのかもしれない。

私は海外に出かけるたび、免税店で高いクリームを買ってきた。それを寝る前にこってり塗ると、確かに次の日の朝肌がうるおっている。が、いちまつの疑問が私の胸の中にわき起こる。

「こんなに肌に贅沢させていいんだろうか……こんなに甘やかしていいんだろうか……」

子どもだってそうだ。小さいうちからいろんなものをどっさり与えると、自分で働く意欲がなくなるかもしれない。そこで「絶食肌」というのが流行ったのだろう。

私はある時、有名な皮膚科の先生のところに通っていた。その先生は、クリームはもちろん化粧水もNG。

「石鹸で顔を洗ったら、洗いっぱなしにする。それ以上のことをしてはいけない」

それをしばらく続けた私の友人は、ツルツルの綺麗な肌になったそうだ。つまり「荒療治」というやつだ。私も挑戦したところ、私の肌はこのチャレンジに対応することが出来なかった。ただのくすんだおばさんになってしまったのである。

どのくらいくすんでいたかというと、知り合いの有名人の講演会に行き、終わってから挨拶しようとしたところ、

「センセイに声をかけないで」

と追っぱらわれたぐらいである。ひどいッ。

もうああいうことは二度とすまいと思っていたのであるが、ここにきてまた新しい美容法を試しているのである。前にも話したと思うが、ここの化粧品は「素肌力を高める」がコンセプトである。とにかく徹底的に洗って洗う。まずクレンジング、石鹸、洗顔料と夜は三回洗うのだ。それに化粧水と美容液を薄く塗る。時々かなり強い成分の美容液を使う。すると肌は赤くなりバリバリに乾燥し始める。チリメン皺《しわ》もいっぺんに増えて、それどころか、口のまわりに赤黒いシミのようなものが出てきたではな

いか。この時、私のまわりのすべての女性が、

「その化粧品、肌に合ってないんだよ。やめた方がいいよ」

とアドバイスしてくれた。しかし私はやめなかった。なぜならこれほど強い反応が出たからには、きっと何かが起こると信じていたからである。

そして二ヶ月たった今、肌理がツルツルしてきて、毛穴がどんどん消えていった。お風呂上がりなど、

「ウソでしょ」

とつぶやくぐらいバラ色にしっとり……。

これで万々歳と言いたいところであるが、キレイになったかというと、そんなことはない。なぜならここのところ太ってしまい、顔がさらにデカくなり、余計な肉がついている。

もし、

「肌はうんとキレイだけどおブス」

「肌はうんと汚いけど美人」

のどちらかを選べと言われたら、ほとんどの女性が後者を選ぶに違いない。肌なんか厚化粧すればごまかせるもん。私は昔から、

「肌がキレイ」

とよく誉められていたが、それでもてたことはない。私はこの頃鏡を見て、肌の調子に一喜一憂するのがつまらなくなってきた。肌なんか女の美しさの一パーツではなかろうか。

やはりシワがあってもシミがあっても美人はえらいんだ。

といっても肌のお手入れをやめるわけにはいかない。顔というのは、十二、三歳の時から私たち女に与えられた小さな畑である。死ぬまでそこに肥料まいたり、耕したりしなくてはならない。時々は整形というトラクターを入れていっきに畑をならす人もいるけど、たいていは地道にやっているはず。「美田」に恵まれず、たとえ荒野しかもらえなくても女は頑張る。そお、私は今、新しい農業に挑戦してる。そう思えば楽しいかも。

喜びはテーブルの上に！

テッオは私にいろいろ失礼な称号を与える。

「リバウンド日本一」とか、

「カタカナ間違い女王」など。

最近は、

「服を汚すの日本一」

だと。しかし確かにそうかもしれない。私はしょっちゅう食べこぼしをする。だから白いブラウスを着ている時は、絶対にパスタやサラダを食べない。それでもたらふくお腹に入れて、

「ごちそうさま」

と胸元を見ると、ニットの上にパンとかフライの食べこぼしがのっかってる。鍋物だとタレのしみもとんでる。

どうしてこんなことになるかというと、私の腹と胸が出っぱっているからだ。そして食べることに一心不乱になる、ということが大きい。胸に食べ物が落っこちるのも気づかないほど一生懸命食べる。

私のブログを見る人がまず言うことは、

「よくこんだけすごい店に毎晩行ってるね」

ということである。

カンテサンス、ロオジエ、フロリレージュとかめったに予約を取れない名店がある。電話もつながらない。だからどうするかというとフェイストゥーフェイス。実際にお店に行った時に、次の予約をするわけ。そうすると二ヶ月先か三ヶ月先に席を取ってくれる。そういうお店が私の手元にいつも五つ六つある。それ以外にセカンドクラスといおうか、予約はわりと取りやすいけれども人気があっていつも満席というお店もある。ここも早めに予約して、特別のオーダーをする。

「いいお肉お願いします」

「ワイン持ち込みますのでよろしく」

なじみになるためにかなりひんぱんに通う。

席が取れてからがお楽しみ。誰を誘おうかなと考える。一業種一人、というのが私の原則。たとえば四人の席で知り合いの女優さんを誘うとしたら、他に芸能人は呼ばない。同じ業種の先輩がいたりするのは、私の経験上からもイヤなもんである。

昨年（二〇一三年）の暮れ、知り合いの学者さんから、

「〇〇とご飯食べるんだけどこない？」

と誘いがあった。〇〇さんといえば、今超人気の俳優さん。もちろん、行く行くと叫んだのであるが、その後、

「作家の△△さんにも声かけたけど」

という言葉にちゅうちょした。△△さんは私よりずっと若く、ずっと売れている人だ。私なんかがいると、彼女は楽しめないに違いない。だけど行きたい。〇〇さんに会いたい。もうー、居直って当日行きましたよ。そうしたら△△さんは先輩の私にいろいろ気を遣ってくれ、〇〇さんとよく話せるようにと席を替わってくれたりもした。本当にすみません。

そんなこともあって、私は同じ職業の人を二人呼ばないようにしている。このあい

だはテレビ局の仲よしを誘い、プリマバレリーナの友人に同席してもらったらとても喜ばれた。

そお、出来るだけ違う業種の人、たとえばお医者さんと脚本家、などという組み合わせにしたりすると、話がはずんですごく楽しい。もちろん、うんと食べて飲む人、というのは大切な条件だ。

その点、アナウンサーの中井美穂ちゃん、編集者の中瀬ゆかりさんなどは、どの組み合わせになろうと必ず喜ばれるメンツ。話が面白いうえに本当に楽しそうに食べてくれるからである。

もちろんこっちが誘った場合、私がご馳走いたします。月に三回、グランメゾンに四人ずつ招待した日には、もうすごいことになる。うちのエンゲル係数というのは、このところ上がるばかりだ。

ところで先週、かなり遅い新年会が開かれた。メンバーはテツオにハッチ、ライターのイマイさん、カズコというメンバーだ。その前にロオジエで食事した際、私がおごってあげたので、みんな律儀にそのことを憶えていて、リターンバンケットをしてくれたのである。

最近バーを始めたカズコのところへみんな集まり、出張シェフにつくってもらったイタリアンを食べた。今年の抱負やいろんな噂話をして、本当に楽しいひととき。私はつくづく思う。

ハッチはこのあいだ某人気俳優さんの写真集をつくるために南アフリカへ行った。その時のお土産として、あっちのワインを持ってきてくれたのであるが、ボルドー系でそのおいしいことといったらない。こういう時、気配りしてくれる人っていいですね。

恋とか愛とかはいつか消えるし、私はさんざんしてきたし（ウソ）、後は友情と食欲。それはすべてテーブルの上にある！　私は相変わらずパスタのソースをニットにくっつけたけどさ。

センスという魔法

アンアンがひさびさにファッション特集を組んだ。おしゃれでいい感じ。そーよ、やっぱりアンアンはファッショナブルでなきゃ。これが本来のアンアンよね。

そう、若い読者で、アンアンがどんなにすごい雑誌だったか知らない人も多いかも。

それならおばさんがレクチャーしてあげましょう。

四十年ぐらい前は、雑誌の数も少なく、今のように細分化されていなかった。

そして読む人は、今となんか比べものにならないぐらいダサかった。

つまりファッション誌と読者との距離があって、それが雑誌に対する憧れや尊敬をつのらせていたワケ。私なんか山梨の高校生だった頃、

「東京に行けばアンアンに出てくるような人たちがいっぱい歩いている。そしてアンアンで仕事している人とお友だちになり、私もアルバイトさせてもらう！」

と本気で考えていたけれども、まるっきりそんなことはなかった。大学を出てコピーライターになったけれども、アンアンは遠くに輝く星。キラキラしているだけで近づくすべもない。

あの頃はアンアンというよりも、マガジンハウス（当時は平凡出版という会社名であった）というのがカッコいいことの代名詞。ポパイだのブルータスの編集部にお友だちがいるというのがステータスであった。

「昨日さ、ブルータスの人たちと青山で飲んじゃってぇ……」

などと言えたら、皆に尊敬された。

編集者だけでなく、出入りするフリーランスのライターもカメラマンも、イラストレーターも、マガジンハウスご用達ということはすごいことであった。特にアンアンのスタイリストたちのイバっていることといったら……。

私は小さいプロダクションでコピーライターをやっていたのであるが、ある時、社内のスタイリストに、

「これ返しといて」

と借りた商品の返却を頼まれた。ブランドショップへ行くと、そこにアンアンのスタイリストがいた。なぜすぐにわかったかというと、「お友だち出演」として彼女はよくグラビアに出ていたからである。

彼女は座ったまま煙草吸って、店員さんたちに指図していた。

「こんな色じゃなくて、もっと別のを持ってきて」

二流のギョーカイ人の私は、本当に羨ましく見てましたよ。そお、あの頃は「アンノン族」という言葉があった。アンアンとノンノを読んでいる女の子たちが、この国の消費をリードしているという意味だ。

私だってその一人。

アンアンのグラビア見て、ジャージーを街着にした。ウォームソックスを買った。コムデギャルソンのショップにだっておそるおそる入った。髪だってアンアンに出てたサロンで刈り上げてもらったんだから……。

何とかお近づきになれないかしら。アンアンに喰い込めないかしら……と思う私にスタイリストは言った。

「ムリ。だってあんたダサいもの。センスないもの」

そお、センスなんだ。先日発売された号で、「センス」の特集をしていた。これこそ私が永遠に追い求めるテーマである。センスというのは女の子を魅力的に変える魔法の力。もともとはちょっと恵まれていない女の子が、この魔法によってみるみる磨かれているのをよく知っている。

私はお洋服や美容にお金を使った。おしゃれなお友だちもいっぱい持っている。情報もある。しかしどんなことをしても「センス」という力を得ることは出来ない。なぜかというとデブだからですね。

私が考えるに、男のデブはやり方次第でセンスを得ることが出来る。トラディショナル方面に行き、丸縁眼鏡やヒゲを味方にすれば、おしゃれになり結構モテる。そういう例をいくつも知っている。しかし女で太っていると、なすすべがない……。

先日、ちょっとマニアックな雑誌を見ていたら、カラーグラビアで「キャーッ」と叫んだ。そこに同じ年頃の女性作家を見たからである。もともとおしゃれに興味はなさそうであったが、完全にあっちに行ってしまっていた！

コロコロ太った体に柴田トヨさん（知ってますか？）がかぶっていたような毛糸の帽子、丸縁眼鏡、ぶかぶかのコート。

「キャラもうこれでいきますけど、何か？」

と言っていたのである。

実は私もそろそろあっちの人になってもいいのかと思っていたが、ここで猛省した。まだあかん、こっち側の人になろうと。

アンアン編集部でもいちばんおしゃれな編集者に、いつからそうなったのかと問うた。

「入社した頃、こわい女性上司がいてファッションチェックがありました。そんなひどい格好で会社に来るなって」

おそるべしマガジンハウス。みんな毎日訓練があったんですね。

休ませてあげる

太った、と自分でも感じていた。服が入らなくなった。人にも言われた。
しかしまだその気にならなかった私。
誰でも憶えがあると思うが、「ダイエット・スイッチ」は、ガツンと何かが入らないとダメ。昔は「春だから」とか「海に行くから」と、わりとすぐにスイッチが入ったのであるが、それを押す指先が、トシと共に弱くなってきたかのようである。
先週のある日、私はお気に入りの白いニットを着ていた。カシミアで出来た編み込みセーターである。これはすごく可愛いが太ってみえる。その夜、友人たちと中華を食べに行った。初めて出かけた店で、私はちょっとイヤーな感じがした。横に長ーい席で、直角の壁が鏡になっているわけ。どういうことかというと、いちばん端に座ると、自分の真横を鏡で見るわけだ。

「これ、マジックミラーじゃないの!?」

思わず叫んだ。そこにいるのは雪だるま。ウエストの太さもすごいが、二の腕もまるまるに太っている。

もともと私は真横から見られるのが大嫌い。もろデブとわかってしまうからだ。それゆえ男の人と食事する時も、カウンター席に並んで座るのが大嫌い。しかしそんなことより、これって何？　白い小山が盛りあがっているみたいじゃないの。太っているというよりもかなりの肥満！　大デブ！

私は落ち込んだ。これほど落ち込んだのは久しくないぐらいだ。

私は郷ひろみさんから直接聞いた、あの名言を思い出す。

「カラダがぶよぶよになって、いちばん悲しいのは自分でしょ」

そりゃ、そうです。

私は自分のダイエット計画を再び見直すことにした。

私は世間が騒ぐずうーっと前から炭水化物抜きダイエットをしてきた。このあいだまでしていた。しかしこのやり方には問題がいくつかある。ちょっと口にするとリバウンドがすごい。ヤケになってまた食べる、の繰り返しなのである。私のような根性なしには続かないダイエットだ。

この頃私は、

「夜だけ炭水化物抜けばいいいんじゃない」

という考えのもと、朝はすごく食べていた。うちはもらい物が多いので、お菓子はたえずある。今の季節、大好物の干し芋も送られてきた。私は、

「甘いもんを食べて、脳を活性化させる」

という名目の下、こういうものを食べていたが太るばかりである。

そんな時、私の手元に最新号の「クロワッサン」が。「内臓健康法」というテーマで、私もよく知っているヒポクラティック・サナトリウムが出てきた。ここは有名な断食施設で、三回ぐらい行ったことがある。院長の石原先生によると、ものを食べると内臓はものすごく働かされる。だらだら食べている人は、内臓が休むひまがない。だからものを入れずに内臓に負担をかけないようにすると排泄が促される。たっぷり寝て朝起きると、目やにがついていたりするし、オシッコの色も濃い。これは睡眠中に、うんと排泄の機能が働いているということなのだ。

私のように食べ過ぎの人は、内臓が働きに働いている。だから出来るだけお休みさ

せてあげると、代謝がうんと上がって痩せることになるようだ。

この教えにすごく納得した私。

初めてサナトリウムに行った後は、毎日ジューサーでニンジンジュースをつくってストイックにやっていたのであるが、これが負担だったようだ。今回はそういうことをやめ、スープか市販のジュース、とにかく固形物はとらない。そして昼間はちょっぴり。夜はわりと食べるが、ご飯、パン、デザートは抜く……。

今まで食欲と戦う時は、

「これを食べると、あんたどんどん太るわよ。いいのっ！」

という脅しであった。よって、

「いいじゃないのッ。デブになるのも私の勝手でしょ」

という反ぱつも出てくる。

しかしこの「内臓おねんねダイエット」を始めると頭の中にイメージがうかぶ。

「私の胃とか腸をお休みさせてあげなきゃ、おねんねさせてやらなきゃ」

と思う。

ケーキやおせんべいは、内臓さんたちを騒々しく起こすものなのだ。

「今、眠っている最中だからダメ」

と思えば食べる気がしなくなってくる。

このおねんね時間を、出来るだけ長くするため、夜は自宅なら、七時半ぐらいまでに済ませ、外食なら九時までとする。そして朝ごはんのスープ類は、七時頃。

「そおーっと、そおーっと」

とスープで内臓を起こしていく。この間、十一時間。内臓さんたちの眠っている時間を長くしていくのは楽しい。

そして四日で一キロ痩せましたよ。スカートのファスナーも上までいく。内臓さんたちのおかげだ。本当にありがとう。これからもよろしくね!

アクセ上手になる！

当然のことであるが、洋服のセンスがいい人は、アクセサリーも素敵。ファッションというのはトータルで考えるものであるから、ディテールの隅から隅まで気を配るに違いない。

私はアクセサリーが苦手ということもないが、そう凝るというほどではなかった。その理由として、

①指や腕が太い。よってリングやブレスレットの衝動買いをすることがない。

②書く仕事をしているので、指や腕にものをつけないのが習慣となっている。

それからこれはかなり大きな理由として、

③だらしないので、細々したものをすぐ失くす。整理出来てない。

④男の人からプレゼントしてもらった機会が少ない。

という可哀想なのもある。男の人からしょっちゅうリングやネックレスを貰っている人は、そりゃあ意識も高くなる。

が、このところネックレスが非常に気になっていろいろしている。流行は、細いものを長さを変えて三つつけたり、違う素材のものを組み合わせたりしている。ファッションページを見ていると、大きいものをどーんとつけていることもあるが、これはむずかしそうだ。

さて私のアクセサリーボックスの中に、ずうっと眠っているものが幾つかあった。そのうちのひとつは、ヴァンクリのチェーントップだ。小さなダイヤの花になっている。これは結婚祝いにいただいたので、もう二十年以上前のことになろうか。

これを何とか活用したいと思い、宝石屋さんで長めのチェーンを買った。短いものを合わせようと思ったのだ。しかしちゃんとよく見ていかなかった私。プラチナだと思ってみたら、トップはゴールドであった。買ってきたチェーンはプラチナなのにどうしよう……。

ファッションの師匠にこのことを話した。長いことアンアンの編集長をやっていたホリキさんだ。

「ちょっと待ってて」

と彼女が何をしたかというと、私がつけていたゴールドのクロスのチェーンをいったんはずさせ、ヴァンクリのトップをとおしたのだ。クロスと小さな花が一緒になったチェーンはものすごく可愛くなって、どこにしていっても誉められる。

やはりセンスのいい人は違う。私が長年死蔵していたものを、あっという間に甦らせてくれたのだ。

私は俄然楽しくなった。そして自分なりにアクセサリーをもう一度点検し、活用の道を考えたのである。

実は四年前、ダイヤのチェーンをつくった。

この時、顔の大きいのが目立たなくなるようにと、わりと大きなカラットにした。しかし、チェーンはプチダイヤの方がずっとおしゃれだし第一使いやすい。

そのダイヤは目立ち過ぎて、つけると成金おばさんっぽい。悪趣味に見える。よってずっとつけていなかった。が、今回、別のチェーンと合わせてみることで見事復活。そのチェーンとは、お土産にもらったティファニーのイニシャルである。

私にしては非常に珍しく、年下の男友だちからのニューヨーク土産だ。

「Mのイニシャルだとあたり前なのでHにしました」

とプレゼントしてくれたのだ。このチェーンは上品でとても可愛い。しかしちょっと短くあまり使ってなかった。これを長いチェーンに変え、短めのダイヤのチェーンと合わせたら大成功。ダイヤの大きさが目立たなくなったから不思議である。

「それ以外にもさ、ハヤシさんもっとたくさん持っているはずだから、今度見に行くよ。死蔵しているものを私、コーディネイトしてあげる」

とホリキさん。

「ほら、私と一緒に行って買ったディオールのチェーンもあるじゃん」

女というのは、自分よりも他人のクローゼットの中身をよく憶えているものである。それはトップが紫水晶なのであるが、何につけていいのかよく分からず死蔵中。もう五年になる。

「ベージュのインナーによく合うかもしれない」

そうだ。今度やってみようっと。

ところでこのあいだ銀座のTASAKIをぶらぶらしていたら、半分にカットしたパールのネックレスを見つけた。ロンドンの有名デザイナーのものだという。ちょっとお高かったがつい買ってしまった。

そしておととい青山で買ったのは、うんと小さなスカルがついたチェーン。ものすごく可愛い。これは二万円ぐらいだ。こうしてみると私も結構アクセサリー好きではないか。願わくば、男性からのいただきものをもう少し増やしたい。洋服と違って、アクセのセンスは、男性がものすごく加担してると思いません？

本書は、２０１５年６月に小社より刊行された単行本を文庫化したものです。

マガジンハウス文庫

美女千里《びじょせんり》を走《はし》る

2018年2月8日　第1刷発行

著者　林《はやし》真理子《まりこ》

発行者　石崎孟
発行所　株式会社マガジンハウス
〒104-8003　東京都中央区銀座3-13-10
書籍編集部　☎03-3545-7030
受注センター　☎049-275-1811
印刷・製本所　中央精版印刷株式会社
本文デザイン　鈴木成一デザイン室
文庫フォーマット　細山田デザイン事務所

マガジンハウスのホームページ　http://magazineworld.jp/

ISBN978-4-8387-7101-1 C0195